おとぎ菓子

料理人季蔵捕物控

和田はつ子

時代小説文庫

角川春樹事務所

目次

本書は時代小説文庫（ハルキ文庫）の書き下ろし作品です。

第一話　春卵

一

年が明ければ新春であったが、江戸の新年はしばしば雪が降り積もった。それでも、亀戸《いど》にある梅屋敷から、開花の便りが聞こえてくるようになると、江戸っ子たちは梅見の支度にそわそわと落ち着かなくなった。

日本橋は木原店《きはらだな》にある一膳飯屋《いちぜんめしや》、塩梅屋《あんばいや》でも、主《あるじ》の季蔵《としぞう》がそろそろ春の献立をと、いたく頭を悩ませるのが毎年、この頃であった。四季を通じて、冬から春への移り変わりほど劇的なものはないと思われるからであった。

しかもその変わりようは、生きとし生ける物のすべてが、活《い》き活《い》きと命にあふれる。それゆえ、季蔵は、料理を通して、新鮮な生の息吹を、客たちに堪能してもらいたいと思わずにはいられないのだった。

「臥龍梅《がりゅうばい》がそりゃあ、見事だったわよ」

塩梅屋の昼下がり、仕込みを始めた季蔵におき玖《く》が声をかけた。

おき玖は先代の塩梅屋の主長次郎《ちょうじろう》の一人娘である。色こそ浅黒いが、きりっと引き締まった身体《からだ》つきに似合った、勝ち気そうな黒目がちな瞳《ひとみ》にいわく言い難い魅力がある。評判の看板娘で錦絵《にしきえ》に描かれたこともあった。

「臥龍梅か――、一つ、わたしもお嬢さんに倣って見に行くとしますか」

珍しく季蔵は軽口を叩《たた》いたが、その目には、献立を考える際にいつも表れる、興奮と苦悩とがまぜこぜに映っている。

――おとっつぁんと同じだわ。おとっつぁんも、〝いつも献立を考えるのは真剣勝負だけれど、とりわけ春は、勝負中の勝負で絶対負けられない、これで、試されるのは料理人の腕だけじゃない、心なんだ〟って言ってたもの――

「臥龍梅にあやかって、〝春卵〟の謎《なぞ》を解きたいものです」

梅屋敷に植えられている臥龍梅は、かつて黄門様と言われた水戸光圀《みつくに》が命名したといわれる梅の古樹であった。大きさといい、花のつく様子といい、江戸で一、二を争う名木だった。

季蔵の思い詰めた口調に、

「〝春卵〟って？」

おき玖は訊《き》き返した。

「とっつぁんの遺《のこ》した日記にありました」

季蔵の昔の名は堀田季之助《ほったとしのすけ》である。恋敵の罠《わな》に落ちて、主家を出奔《しゅっぽん》しなければ切腹せざる得なかった季蔵は、食い詰めて行き倒れ寸前のところを、おき玖の父長次郎に助けられ今に至っている。

その長次郎は食べ物や料理についての想《おも》いを書き遺していた。

「お嬢さんならご存じかもしれないと思ったのですが――」

長次郎の日記に〝太郎兵衛《たろべえ》長屋　持参　長次郎柿〟と書かれていたことがある。長次郎柿とは熟柿《ずくし》のことで、塩梅屋の庭先で採れる美濃柿《みのがき》を、離れに運んで木箱と座布団で保温して完熟させた逸品であった。こればかりは、日頃、切ない思いで暮らしている年寄りたち、太郎兵衛長屋の住人たちに限っての贈呈品であり、どんなに金を積まれても、売り物にできないのである。

長年、長次郎を手伝ってきたおき玖は、この熟柿作りにも長《た》けている。

しかし、

「残念だけど、〝春卵〟に心当たりはないわ」

おき玖は気の毒そうに言った。

「でも、おとっつぁんが遺したもんなら、多少、見当がつくかもしれない」

「読んで字の如《ごと》しとはどうしても思えなくて――」

「そりゃあ、そうね。卵なんて、春が旬でも何でもないもの。雌鳥《めんどり》は一年中、卵を産んでることだし、春の卵が一番、美味《おい》しいなんて話も聞いたことないわ。あ、でも、思い出した。おとっつぁん、菜の花が好きだった」

「菜の花と卵の黄身は色が似ていますね」

「そうそう、おとっつぁんの朝餉《あさげ》はこの時季、卵かけ飯ばかりだったわ。ほかほかした炊きたての飯に、煎《い》り酒《ざけ》を垂らして箸《はし》で掻《か》き混ぜた産み立ての卵。ああ、美味しそう、あたしも明日食べようっと」

　おき玖はごくりと生唾《なまつば》を飲み込んだ。

「そういえば、とっつぁんが煎り酒を、夜通しかかって作ってたのも今時分でした。紀州の梅干しが仕上がる時季でもないのにと、不思議に思って訊《たず》ねると、〝うるせえ、黙ってろ、見てりゃ、わかる〟と叱《しか》られました」

　煎り酒とは日本酒に梅干しを入れて煮詰めた醬油《しょうゆ》の一種である。古くから伝わる伝統の味だったが、昨今は、下《くだ》り醬油や地廻《じまわ》り醬油に押されていた。ただし、塩梅屋で醬油といえば、長次郎の思い入れを季蔵が受け継いだ、塩梅屋特製の煎り酒を指していた。

「あたしも訊いて叱られたわ。だけど、見てろとは言われず、〝ひっこんでろ〟だったから大人しく引き下がった。季蔵さんは見ててわかったの？」

「多少は。とっつぁんは何種類もの煎り酒を拵《こしら》えようとしてたんです」

「あら、これだという自慢の煎り酒を作り上げるための意気込みで、気が荒くなってたんじゃないの？」

「両方ですよ。とっつぁんはこれぞという煎り酒を、刺身にはこれ、焼き魚にはそれ、お浸しにはあれという具合に、菜や素材の違いに合わせて、作り分けようとしてたんじゃないかと思います」

「そうは言っても、おとっつぁんが遺した味は一つよ」

塩梅屋の煎り酒は梅干しに酒だけで作られる。それだけに梅干しの品質が物を言うので、紀州の最高級の梅を漬けた梅干しが選ばれる。

「もしかして、おとっつぁん、煎り酒作りでやり残したことがあったのかも。あんな亡くなり方だったし――」

長次郎は病いではなく、得意先で不慮の死を遂げていた。

「もうすぐ、おとっつぁんの祥月命日だし、春卵って、おとっつぁんの煎り酒への思いだったって気がしてきたわ。煎り酒がなきゃあ、所詮《しょせん》、卵かけ飯なんてないっていうのが、おとっつぁんの口癖だったもの」

おき玖は目をしばたたかせた。

この時、季蔵は、

――とっつぁんがやり残した春卵を、自分なりに完成させてみよう――

決意した。

この日、季蔵の試みを聞かされた三吉《さんきち》は、

「賄いもてなしは、お得意さんたちに喜んでもらってますけど、卵かけ飯ってえのはどういうもんかと――」

首をかしげた。

三吉の前身は棒手振《ぼてふ》りの納豆売りで、親の借金のため、まだ、ほんの子どもの頃から働いて家計を助けていた。そんな三吉を、料理人として一人前にしてやろうと、季蔵が雇い入れていたのである。

「卵はどこでも売ってるもんだし、煎り酒の方は欲しいって言ってくるお客さんに、分けてあげてるわけだから――」

「かど飯には遠く及ばないというのだな」

塩梅屋恒例の賄いもてなしに、秋口のかど飯がある。これは長次郎の頃から続いているもので、焼き上げた秋刀魚《さんま》を、醬油味に炊いた飯に混ぜたものであった。

「たしかに卵かけ飯は、いつ食べても、美味《うめ》えけど、旬の秋刀魚と年がら年中ある卵じゃ、勝負にならねえ気がして――」

「まあ、そう侮るな」

季蔵はふっと目で笑うと、

「ここのとっつぁんの供養だといえば、皆さん、文句なしで知恵を貸してくれるだろう」

事情を知らない三吉には、わからない呟《つぶや》きを洩《も》らした。そして、

「わからねえですよ」

苦情が思わず口を突いて出た三吉を、

「見ていればわかる」

季蔵はつっぱねた。

こうして、翌日から卵かけ飯の賄いもてなしが始まった。

「昼時に限って、いつでも、都合のつく時においでになってください」

いの一番にかけつけたのは、数寄屋《すきや》町の履物屋桐屋《きりや》の隠居喜平《きへい》であった。自分を終生現役だと称して憚《はばか》らない助平爺《じじい》の喜平は、恐ろしく手強《てごわ》い食通であった。

「卵かけ飯と聞いては、いてもたってもいられなくてね」

季蔵は、そんな喜平に二種類の卵かけ飯を出した。

「これには、何か仕掛けがあるものと思っていたが――」

喜平は首をかしげて、変わりなどないように見える、二椀《わん》の卵かけ飯を見つめた。

「まずは、召し上がってみてください」

季蔵は二揃《そろ》いの箸《はし》を渡した。

箸を使い分けて、交互に味見を繰り返した喜平は、

「たしかに違うな」

鋭い目を季蔵に向けた。

「一椀は、いつもわしが朝、食べている卵かけ飯だ。わしは長次郎の卵かけ飯が気に入っていて、達者な頃からずっと、卵汁に垂らす煎り酒を分けてもらっている。長次郎がいなくなった後も煎り酒の味は変わらず、あんたは見事に、長次郎のあの味を受け継いだものだと感心していた。だからこれは、まさに、長次郎の煎り酒の味だ。粋《いき》でさっぱりしてい

る。江戸っ子気質《かたぎ》そのものさ。あと一椀は――」

そこで、喜平はもう一つの卵かけ飯の椀を見据えた。

二

季蔵は息を詰めて、喜平の顔を見守った。

「悪くない」

喜平は軽く頷《うなず》いて、

「鰹《かつお》がいい味を出している。卵の濃厚さにはこちらの方が合っているような気もするが、明日から卵かけ飯の煎り酒を、こちらへ鞍替《くらが》えするのかと訊かれると、やはり、わしには酒と梅だけのいつものものの方がいい。わしほどの年齢になると、あの世もこの世もない。あの世に逝ってしまった友達を日々、なつかしんでいたいのだ。鰹が効いた煎り酒の卵かけ飯では、長次郎を思い出すことができない」

しんみりと言い添えた。

次に訪れたのは豪助《ごうすけ》であった。季蔵が出奔して初めて乗った猪牙舟《ちょきぶね》の船頭が豪助だった。小柄ながら敏捷《びんしょう》で逞《たくま》しい身体つきの豪助は、なかなかの男前の独り者で、それゆえ、女たちに騒がれ茶屋通いなどの遊興と縁が切れなかった。

宵越しの金は持たない江戸っ子気質の豪助は、並外れて、働き者でもあり、船頭の他に、毎朝、浅蜊《あさり》や蛤《はまぐり》を天秤《てんびん》棒で売り歩いて稼いでいる。もちろん、こうして手にした金は茶屋女に入れ揚げて、法外な茶代や菓子代に消えるのであったが。

　豪助は長次郎の煎り酒による卵かけ飯と、これに鰹の加わったものとに、交互に箸をつけて食べ比べていたが、そのうち、

「かったりぃ」

　鰹の方だけを仇《かたき》のように掻《か》き込み始めた。

「こっちの方がぐんと味がいい。美味《うま》い。これなら、蛤鍋のたれにしてもいけるし、浅蜊の酒蒸しに垂らしてもいい。兄貴、作り置きがあったら分けてくれよ」

「今までも、うちの煎り酒を欲しいだけ分けていたはずだが」

「今までのは、口には出さなかったけど、ちょいと不満があったのさ。納豆や冷《ひ》や奴《やっこ》にかけるにはいいんだが、相手が卵かけ飯や浅蜊なんかだと、なーんか、頼りねえんだよ。ぼやーっとしちまっててさ、しまりが今一つなんだ。卵かけ飯には山葵《わさび》でいいんだが、浅蜊に山葵は合わねえし、それで、ついつい醤油を足してたんだが、そうすると、せっかくの梅の味が死んじまう。どうにかなんねえもんかと思ってた矢先だった。こりゃあ、世辞でも何でもない。竹を割ったようなすかーっとした味、まさに江戸っ子の煎り酒だ。こんなもん、出されたら、飯が進んでしょうがねえ」

　豪助はにやりと笑って、居合わせていたおき玖を横目で見た。

「わかってるわよ、お代わりね」

それから二日ほどして、朝から雨が降り続くと、辰吉《たつきち》と勝二《かつじ》が連れ立ってやってきた。

「雨降りじゃあ、出職は上がったりだからね」

辰吉は酒癖は悪いが腕のいい大工であった。いなせを自称しているものの、根が生真面目《きまじめ》で女房子ども思いなので、女にもてたいという密《ひそ》かな夢を実現できないでいる。

そのせいで、酒に走るのかもしれなかったが、酔い潰《つぶ》れると必ず、どてらか布団のような女房おちえを恋しがって、迎えに呼ぶのは、心底、おちえに惚《ほ》れきっているからでもあった。

「日も暮れてねえのに、ここへ落ち着くのは、妙なもんだな」

酒の入っていない時の辰吉は温和そのものであった。

「たしかにそうですね」

相づちを打ったのは、指物師《さしものし》の娘婿勝二であった。なよっとした細い骨格の勝二は、たった一度、役者の沢村松之丞に似ていると言われた言葉を抱きしめている。

夫婦《めおと》になった親方の娘も、その男っぷりに惚れたのだと信じていたのだが、今では、〝そうかしら？〟と冷淡に首をかしげ、勝二との間にやっと生まれた、一粒種の勝一《かついち》を溺《でき》愛《あい》するばかりであった。勝二は、〝娘婿種付けまでが用のうち〟、〝娘婿種付け済んでほっと息〟などという川柳を詠《よ》んだことがあった。

「どうぞ、比べて召し上がってください」

季蔵は二人に二種の卵かけ飯を試してもらった。

「仕事のねえ日はやたら腹が空《す》くな」

「家ではお代わりするのが憚《せわ》られるもんですから」

辰吉と勝二は交互に箸を忙しく動かして、あっという間に二椀を平らげた。

「いかがでしょう？」

「美味かったぜ」

「御馳走《ごちそう》になりました」

二人はきょとんと季蔵を見つめた。

「どちらが美味しかった？」

茶の用意をしてきたおき玖に訊かれて、

「そうだったのかい。こりゃあ、うっかりした。すまねえ、どっちも美味くて――」

辰吉は頭を掻いた。酒を飲んでいない時の辰吉は大食らいなのだと、初めて、季蔵とおき玖は知った。

「若い頃、大食い競《くら》べに出たことがあるんだよ。おちえとはそこで知り合ったんだ。あいつもなかなかの食いっぷりだったが、俺が勝った。それでおちえは俺に惚れたってわけさ」

辰吉は得意げに武勇伝を話してくれた。

「申し訳ありません。うちじゃ、卵は倅《せがれ》に食べさせると決まってて、日頃、食べさせてもらってねえもんだから、美味くて美味くてもう夢中で――」

勝二は頭を垂れた。

「それではもう一度――」

季蔵の言葉に、二人の顔がぱっと輝いた。

「二度目なら、がつがつせずにきっと違いがわかる」

「そう思います」

ところが、二度目の二椀もあっという間に二人の胃《い》の腑《ふ》に納まってしまった。

「まだ、わかんねえ」

「わかりませんね」

「仕方ありません。三度目の正直です」

三度目になって、やっと、二人の箸の動きが遅くなった。それでも、止まるようなことはなく、飯を一粒残さず、綺麗《きれい》に食べ終わると、

「たしかに違いはあるな」

辰吉は悠然と茶を啜《すす》った。

「ありますね」

「一つは梅、一つは鰹が効いてる」

「梅味だけだとさっぱりで、鰹が入るとこくがあります」

「一膳《ぜん》だけ食べるとしたら、どちらを選びますか？」

季蔵は神妙な顔で訊いた。

「鰹」

　二人はほぼ、同時に答えた。

「満腹で選んだのですから、確かでしょうね」

「確かは確かだが、あいにく、満腹じゃねえ」

　辰吉はいささか、情けなさそうな顔をした。

「食い物ってえのは、弾みがつくと、きりがねえからいけねえや」

「酒と同じですかね」

　あろうことか、あれだけ食べたはずなのに、勝二の腹の虫がぐうと鳴いた。

　季蔵とおき玖は顔を見合わせて、吹き出しかけ、

「卵はまだ買い置きがあります」

「ご飯、よそってくるわ」

　四度目、八膳目に箸を動かしながら、

「やっとこれで人心地ついた気分です」

　勝二はほくほくとうれしそうで、

「どうだい、勝二、おまえも一度、大食い競べに出てみちゃ。娘婿で肩身の狭い思いを始終してるんだろうけど、とことん食えば、いい憂さ晴らしになるぜ。何より、大食い競べは、俺とかおまえみてえな、痩《や》せの大食いが勝つもんだぜ」

　辰吉に勧められると、

「考えたことはあるんです」

勝二は満更でもない顔になったものの、

「でもねえ、親方や女房が許しちゃくれませんよ。豪快な大食いが看板になるのは、活きのいい出職ですからね。居職の指物師が大食いじゃ、仕事に細かさが足りねえって言われかねませんから」

残念そうに呟いて、

「それに俺、たとえ肩身の狭い娘婿でも、この頃、これで結構、幸せなんじゃねえかって思うようになったんですよ」

「それはまた、どうして？」

おき玖は訊かずにはいられなかった。勝二が寄ると触ると、我が身を憂いているのを耳にしていたからである。

「南伝馬町《みなみでんま》の粋香堂《すいこうどう》を知ってますか」

「江戸で一、二を争う香の店でしょう。おとっつぁんの代からうちのお得意さんよ。ねえ、季蔵さん」

おき玖の言葉に季蔵は頷いた。

――ぼちぼち、使いの来る頃だ――

粋香堂には梅屋敷の臥龍梅ほどではないが、見事な梅の木があり、毎年、世間が梅見で騒ぐちょうど今頃、塩梅屋では懐石膳の出張料理を頼まれた。

三

勝二は話を続けた。

「一月《ひとつき》ほど前、あの店に仕事で行ったんですが、一見、いいように見えて、修羅場なのが家の中なんだって思ったんです」

「粋香堂さんのご隠居はお元気ですか?」

料理を頼んでくるのは、長次郎と親しかった粋香堂の先代籐右衛門《とうえもん》であった。籐右衛門は嫡男の竹二郎《たけじろう》に後を譲って、離れに住まい、茶会を開いたり、好きな花いじりなどしてのんびり暮らしている。

「お元気そのもので、庭のまだ花をつけていない梅の木を見ていたら、声をかけられて、梅はまだだが、侘《わ》び助《すけ》はどうだと茶室で茶をよばれました。あのご隠居はきさくで明るくてよい人ですね」

侘び助は籐右衛門が丹精している、茶席用の椿《つばき》の花であった。

――籐右衛門さんに変わりがないとなると――

「相変わらず、お内儀さんはお綺麗なんでしょうね」

お内儀さんというのは、竹二郎の二度目の妻であった。先妻は一人息子の藤太《とうた》を産むとすぐに亡くなって、早く、後添えをと籐右衛門も親戚《しんせき》もこぞって勧めたものの、竹二郎は首を縦に振らず、それから、何年も独り身を通した。

このまま、独り身を通すのではないかと思われていた矢先、もう少しで四十に手が届く頃になって、突然、吉原《よしわら》通いを始めた竹二郎は、若紫《わかむらさき》という源氏名の花魁《おいらん》に熱を上げて、日々通い詰め、身請けして、どうしても一緒になりたいと言いだしたのであった。

この頃、籐右衛門は苦い顔で、ふと、季蔵に洩らした。

「竹二郎を厳しく育てすぎたようだ。こんなことなら、若い頃、心ゆくまで女遊びをさせておくのだった。中年すぎた生真面目《きまじめ》な男の女狂いは手のつけようがない」

すでに隠居の身だった籐右衛門は、倅の暴走を止めることができず、竹二郎は若紫を落籍《ひ》《か》して妻にした。これがつい、二年ほど前のことであった。

「誰もが見惚《みと》れるほどです」

竹二郎と親子ほども年が離れている若紫は、名をむらに戻して、去年の今頃、長女ひなを産んだ。噂《うわさ》では母になった自信も加わって、おむらは花魁だった頃よりもさらに美しく、輝くようだという。

「ひなちゃんはそろそろ、伝い歩きなどできるのでしょうね」

粋香堂では三代続いて女の子に恵まれなかった。

「商家なのだから、跡継ぎさえいればいいようなものだが、やはり、女の子がいないのは寂しい」

いつか、籐右衛門はそう言った。

「ご隠居さんは赤子に夢中ですよ。旦那《だんな》様と競うように、赤子の顔を見に子守のところへ行くんですから」

「あら、どっかの家みたいじゃないの」

おき玖が茶化して口を挟んだ。

「似ているようで違うんですよ、これが」

勝二は首を横に振った。

「たしか、藤太さんは今年、十六、もう大人ですね」

季蔵は藤太の白く繊細な面立ちを思い出していた。藤太は先妻の子である。例年、季蔵の料理を楽しみにしていてくれる食べ盛りであった。

「手習いからは昨年、上がったと聞きました。さぞかし一生懸命、店の仕事を手伝っていることでしょう」

「そこなんですよ」

勝二は言葉に力を込めた。

「粋香堂では藤太にほとほと手を焼いてるんです」

「遊びに走ってるのね」

おき玖が言い当てた。大店《おおだな》の若旦那の放蕩《ほうとう》は珍しいものではなかった。

「おこづかいに不自由しないから、遊びたい放題なんでしょうね」

「けど、ああいうんじゃ、どうも──。日々、帳場から金を持ち出して、吉原へは行くわ、居酒屋で酒をおごるわ、果ては博打《ばくち》で大負けするわで、その上、小言を言うと、そばにあった物を投げつけるんだそうです。俺も一度、見ましたよ。藤太は〝いい加減にしろ〟と意見した父親に、〝おまえと同じことをしてる〟って怒鳴り、伊万里《いまり》の茶碗《ちゃわん》を、そばにいた継母《ままはは》に、〝売女《ばいた》〟と叫んで投げつけたんです。もの凄《すご》い形相でね、いつか、お寺の地獄絵で見た青鬼みたいでした。俺はこんなの、もう二度と見たくないって思いましたよ」

――粋香堂でそんなことが起きているのか――

季蔵は青鬼の形相の藤太を想い描けなかった。頭に浮かぶのは、にこにこ笑って、

「美味しいなあ、春に塩梅屋さんが来るのなら、毎日が春だといいのに」

料理を堪能していた無邪気な少年の顔であった。

――いったい、何があったというのだ――

「家の中ってものは、こういうのが一人居るだけで、とかく、がたがたしてくるもんなんですね。奉公人たちの話じゃ、お内儀さんは怯《おび》えきって、部屋に籠《こ》もることが多くなってるんだそうですし、今まで声を荒らげなぞしなかった旦那様も、些細《ささい》なことで奉公人を叱りつけることが多いんだとか――。それで、奉公人たちはすっかり、縮み上がってしまってて、大事な客の応対も今一つなんだそうです。粋香堂はこの頃、商いに華がないなんて噂が立ち始めてます。たしかに、奉公人たちの笑顔が消えてて、店先が陰気ですからね、このところ――。粋香堂っていえば、金の心配はないはずだし、新しいお内儀さんは綺麗で、跡継ぎが居て、女の子まで産まれたのだから、さぞかし、いい風が吹いてるって、俺は羨《うらや》んでました。けど、家の中のいざこざを目《ま》の当たりにして、我が身の幸せを感じたん

ですよ。金がありすぎると、身内に放蕩者が出てきちまうんですね。俺は卵が口に入らないことが多くても、今の幸せが続くなら、いいんだって、心底思いましたよ」

勝二はしみじみと言った。

「甘やかされた年頃の若旦那には、ありがちなことだけれど、度は過ぎている気もするわ」

おき玖は案じた。

「去年のように今年も、注文してくだすって、美味しく召し上がってくれるといいのですが」

季蔵は粋香堂からの注文がないのではないかと懸念したが、翌々日、籐右衛門から以下のような文が届いた。

――今年の梅見は昨年同様、孫娘ひなにちなんで、一足早い、雛節句《ひなぜっく》の様相をこめた時季の春膳としていただきたし――

「よかったわ」

おき玖はぱっと目を輝かして、

「こうして、ご注文いただけるのは、藤太さんの行状が噂ほどでもないということだわ。何がどうあっても、家族なのですもの、藤太さんは今までの行いを悔い改め、家族に許しを乞《こ》うたにちがいないわ」

「きっと、そうでしょう」

季蔵はほっと胸を撫《な》で下ろした。

「粋香堂さんへの出張はいつ？」

「文によれば五日後です」

「それじゃ、大変じゃないの」

粋香堂の懐石膳は毎年、先年とは異なる、工夫を重ねた逸品揃いとなる。

「これもわしは趣味の一つでね」

籐右衛門はこの懐石膳を絵と共に、日記に書き残しているのであった。去年と同じ料理が遺されては塩梅屋の名が廃ると、先代の長次郎は意気込んで趣向を凝らして料理を作った。それを季蔵も受け継いでいるのである。

「今年はとっつぁんの想いがこもった煎り酒を仕上げて、懐石膳の全品に使ってみようと思っています」

「煎り酒は優れものだけれど、全品に使ったら、単調すぎやしない？」

「四種の煎り酒を使い分けるのなら、単調にはなりません」

「四種も仕上げるの？」

おき玖は目を瞠《みは》った。

「二種はもう出来てますよ」

「そういえばそうだったわね。おとっつぁんの味の梅風味と、卵かけ飯には、梅風味より上だって、皆さんがお墨付きをくれた鰹風味。あとの二種は？」

「昆布と味醂《みりん》を試してみるつもりです」

　こうして季蔵は、昆布風味と味醂風味の煎り酒を作ることになった。

「手伝わせてください」

　三吉が目の色を変えて飛んできた。

「いつか、いつか、教えてもらえるだろうって思ってたんです」

　すがるように言った三吉に、

「教えるのを惜しんでいたつもりはないが――」

「だって、店では一切、拵えてなかったじゃないですか」

　季蔵の煎り酒作りは、長屋の手狭な竈《へっつい》の上と決まっていた。長次郎の味に近づこうとして、一睡もせず、何度も何度も、鍋《なべ》に入った酒と梅を煮詰め続けたこともあった。深夜、うっかり、鍋を焦がして、火事と間違われ、隣り近所から文句を言われたりもした。

「教えてもいいが、簡単なものほど鍋を焦がす」

「それ、どういうことだい？」

「底知れずむずかしいということだ。今夜は夜なべを覚悟しておけ」

　鍋と夜なべが自然に掛かって、

「へい、合点」

　三吉はうれしそうに笑った。

四

この日、客が帰り、暖簾《のれん》がしまわれると、

「まずはとっつぁん伝授の煎り酒を教えよう」

季蔵は鍋に酒三合と紀州産の梅干し十個を入れて強火にかけた。

「先代は煎り酒作りの名人だったんでしょうね」

三吉はふつふつと酒が煮立ってきて、とろ火に変えられた鍋に見入っている。

「そうは言ってなかったな」

——俺の作る煎り酒が一番だなんて、思っちゃいけねえぜ。煎り酒の塩梅の良さはな、作り手の心なんだ。心が澄んでりゃ、いい塩梅の煎り酒ができて、美味い料理が塩梅できるってえもんだ——

季蔵はそう言っていた長次郎の口癖を思い出した。

これを三吉に告げると、

「そりゃあ、底知れねえだけじゃねえ、何よりむずかしいや」

三吉は肩を落とした。

「そうでもない。精一杯、精進しろってことだし、そうすれば報われるんだよ」

季蔵は励まし、

「そうですよね、きっと」

三吉は鍋を見張り続けて、

「飴《あめ》色になってきましたよ」

「どれどれ」

鍋の汁を菜箸に付けて味を試した季蔵は、

「もう、少しだ」

しばらく、じっと鍋の飴色が揺れるのを見ていて、汁の泡立ちを十五まで数えると、

「これでよし」

鍋を火から下ろすと、目の詰まった布巾《ふきん》で濾《こ》して、三吉にも味を確かめさせた。

「たしかにいつもの味だ」

目を瞠った三吉に、

「さあ、今度は一人でやってみろ」

「へい」

緊張した面持ちで、三吉は酒と梅干しの入った鍋を再び火にかけた。

「飴色になってきたら、ふつふつを十五ほど数える、十五、十五」

呪文《じゅもん》のように唱えながら鍋の前に張り付いていて、

「もう、いいですよね」

相づちを求めたが、

「そいつは三吉、おまえの見極めだ」

季蔵は助け船を出さなかった。

「だって、いい飴色だし――」

「思うようにやってみろ」

三吉はそこで鍋の飴色に目を凝らして、十五の泡立ちを数えると、火を止め、季蔵を真《ま》似《ね》て中身を濾した。

「お願いします」

乞われて味見をした季蔵は、

「三吉、おまえも味を見てみろ」

煎り酒の滴っている菜箸を渡した。

恐る恐る菜箸の先を舐《な》めた三吉は、

「駄目だ、こりゃあ」

泣きそうな顔になった。

「味が薄すぎて煎り酒になってない」

「どこが悪かったと思う？」

「酒や梅干しの量は間違ってねえし、煮えて泡だってきて数えた数も十五で、そいつも違ってるとは思えねえ――」

「それじゃ訊くが、飴色になった時、味見をしたか？」

「いけねえ、忘れてた」

三吉は自分の頭を固めた拳《こぶし》でぽかりと叩《たた》いた。

「量が間違ってねえんだから、飴色にさえなりゃあ、いいんだ、その先は十五、数えるだけだって思い込んでました」

「梅干しは塩と赤紫蘇《あかじそ》で漬ける。同じ樽《たる》のものはそこそこ同じ塩加減に仕上がるが、色味だけは、時に赤い紫蘇の色が濃いものがある。こういうのを酒で煮ると、早く色が出て、塩味や酸味が煮出される前に飴色になる」

季蔵は三吉が濾した布巾に手を伸ばすと、中のふやけた梅干しを一粒、口に含んだ。

「まだ塩辛い」

季蔵を真似て梅干しをしゃぶった三吉は、

「ほんとだ、煮足りなかったんだ」

また、自分の頭を叩くと、塩壺《つぼ》を取り、ぱらぱらと作った煎り酒の中に塩を振り入れ、

「こうすりゃ、塩が足りて煎り酒になるはずです」

菜箸で掻き混ぜた。

「そうかな」

「同じに決まってる」

うそぶいて菜箸の先を舐めた三吉は、

「ち、ちがう」

真っ青になった。

「おいらのは煎り酒じゃねえ。これじゃ、まるで、塩の入った濃い梅酢だ」

「梅干しから滲《し》み出る塩味はまろやかだが、足した塩味となると、どんなよい塩でも味が角張るものなんだ」

「すみません。このところ、いろんなことを任せてもらえるようになって、思い上がってやした」

三吉はぽろぽろと涙をこぼした。

「だから言ったろう。これは底知れずむずかしいのだと――」

「思い知りました。どうか、思い上がりを許してくだせえ」

神棚に向かって深々と頭を垂れた三吉に、

「いい心がけだ」

微笑《ほほえ》んだ季蔵は、

「それでは次へ行こう」

「次って、おいらにはまだ、煎り酒作りは荷が重いんだって、よくよくわかったことだし――」

三吉は尻込みしたが、

「案じるな。次は今のより、格段に取り組みやすい」

季蔵は本枯節《ほんかれぶし》を荒削りにするよう、三吉に指図した。

本枯節とは黴《かび》の付いた鰹節である。下り物として鰹節を上方《かみがた》から運ぶ途中、船倉の鰹節を拭《ふ》いても拭いても黴が付いてしまい、勿体《もったい》ないからと試食してみたところ、黴と相俟《あいま》って乾燥が進んだ重厚な旨味《うまみ》が、いわく言い難く、これが江戸料理の基本出汁《だし》として根付いたのである。

　鰹節の準備が調うと、季蔵はさっきと同じことを繰り返した。異なったのは、酒で梅干しを煮出す際、本枯節の荒削りを十枚ほど加える点だけである。

「鰹節の色も出ちまうから、気を配らねえと――」

　今度は三吉も慎重である。

「味見を怠らなければ、そうは手ひどく失敗するものではない」

　出来上がった鰹風味の煎り酒を舌に載せた三吉は、

「こりゃあ、文句なく美味いよ。卵かけ飯に合うだけじゃねえ、これさえかければ、何杯だって飯が食える。江戸っ子だったら目がねえ味だ」

　感嘆して、ふと思い出したように、

「どうして、こっちの方が前のより作りやすいんです？」

「江戸の人たちは鰹の出汁を好む。繊細な梅の風味が、強い鰹の風味に従うようであっても、さほど気にならない。それどころか、美味いと感じる」

「ようは、江戸っ子で納豆や醤油を嫌いな奴はいねえのと同じってことですね」

「まあ、そうだ。それと同じことが次にも言える」

「次は何なんです？」

季蔵はまた、同じ手順を繰り返した。今度は梅干しの量を倍に増やし、鰹節の代わりに、辛口の酒と同量の味醂を入れて煮詰めていく。

「甘酸っぱい、菓子みてえな煎り酒ですね」

「味醂風味の煎り酒は味が深く、きりっと引き締まった、どこにも売ってない塩梅屋だけの味醂とも言える」

季蔵の説明に三吉は、

「面白い味だが、不味《まず》くはねえですよ。こういう、すっきりした甘みもいいもんです」

ぺろぺろと箸を何度も浸して、味醂風味の煎り酒を舐めた。とかく、江戸っ子は甘い味を歓迎したのである。

「じゃあ、鰹風味と味醂風味を一人で作ってみろ」

季蔵に指図された三吉は、細心の注意を払ったこともあって、首尾よく作り上げることができた。

ここまでで、まだ九ツ（午前〇時頃）にもなっていない。辺りはしんと静まりかえっている。

――たしか、四番目があるんじゃねえのか。二番目、三番目は、取り組みやすかったが、きっと、四番目はてえへんに違えね――

「最後は昆布風味だ」

「昆布風味ねえ――」

三吉は急に気力が萎《な》えた。

五

――昆布風味の煎り酒なんぞ、美味いのだろうか。正月の昆布巻きは別にして、あんまし、使わねえもんの一つだ――

「どうした？　気の抜けた顔して」

季蔵に訊かれた。

「おらあ、昆布が嫌いなわけじゃねえんですけど」

「そうだろう。身欠《みが》き鰊《にしん》や焼きわかさぎを巻いた昆布巻きは美味い」

「あと、焼き鮒《ふな》もね。けど、昆布巻きは醬油や味醂、砂糖で煮て、昆布にしっかり味を染ませるから美味いんですよ」

「煎り酒には合わないというのか」

「出汁には向いてねえってよく聞きます」

「まあ、見ていろ」

季蔵は一寸半（約五センチ）ほどの昆布を、軽く水洗いした。

「昆布かぁ――」

ながめてため息をついた三吉はふぁーっとあくびをしかけて、あわてて、両手で口元を押さえた。

「少し、眠ってもいいぞ」

季蔵は店の小上がりに向かって顎《あご》をしゃくった。

「とんでもねえです」

三吉の目はしょぼついている。

「遠慮しなくていい」

「でも」

「果報は寝て待てと言うだろう。早く寝ろ」

追い立てられるようにして、小上がりに上がらされた三吉は、畳の上で横になったとたん、すぐにスースーと寝息を立て始めた。

目を覚《さ》ましたのは肩を揺すられたからで、

「お願いだ、おっかあ、もう、ちょっと寝かしといてくれよ」

寝惚《ねぼ》けて母親と間違えたが、

「おい、起きろ。これからが肝心だ」

季蔵であった。

腰高障子の向こうはすでに白んでいて、店の中は明るい。雀《すずめ》がちゅん、ちゅんと鳴く声も聞こえた。

「季蔵さんはずっと起きてたんですか」

三吉は間の悪い思いで訊いた。

「酒に浸けた昆布は三刻（約六時間）は寝かせる。俺もおまえの隣りで寝ていたさ」

「そうだったんですね」

ひとまず三吉はほっとした。

「さて、それでは——」

季蔵は昆布を取り出した鍋に梅干し十個を入れて火にかけた。

「初めは強火で、煮立ったらとろ火」

三吉が節をつけて呟きながら見張っている。

「色に惑わされないで味見をしてと——」

菜箸を口に運んだ三吉は、

「あれっ——」

思わず季蔵の顔を見た。

「こんなこと——」

「どんな味か、言ってみろ」

「美味いです」

「どう美味い？」

「鰹風味が侍なら、こっちは姫様です。品がいいっていうか、派手さはないけど奥が深い」

「そのはずだ。ぼーっとしてないで仕上げをしてみろ」

「へい」

　三吉は意気込んで、泡立ちを十五数えて火を止めた。

　布巾で濾した後、

「でも、どうして、昆布がこんなに美味いんです？」

首をかしげて、季蔵に訊いた。

「じゃあ、こちらも訊くが、なぜ、昆布の出汁は不味いのか？」

反対に問い返された三吉は、

「北前船《きたまえぶね》が蝦夷《えぞ》などから運んでくる昆布は、安いもんじゃねえのに、たんと使わないと、いい出汁が出ねえんだって、蕎麦《そば》屋のおやじが言ってました」

「上方では出汁といえば昆布だぞ。知っているか？」

「蕎麦屋のおやじは、上方はみんなお大尽なんだろうって」

「おまえもそう思うか？」

「どんなところでも、金持ちも居れば貧乏人もいるもんでさ」

「上方はお大尽だから、昆布を多く使って出汁を取っているわけではない。上方が昆布出汁なのは、上方の水が昆布の旨味を引き出しやすいからだそうだ」

　季蔵はこの話を長次郎から聞いた。長次郎は昆布で出汁を取る際、惜しみなく、昆布を使った。

「これでも、上方の昆布出汁には敵《かな》わないだろう。それほど、水ってものは大事なものなのさ。水は料理のお天道さんみたいなもんなんだ」

そう言って長次郎は口惜しそうに唇を嚙《か》んだ。

「江戸の水が昆布を嫌ってるんですね。だったら、どうして――」

三吉はまだ首をかしげたままである。

「今、話したのは水の話だ。酒ともなればまた別だろう」

「けど、酒だって水次第と――」

言いかけて気がついた三吉は、

「果報というのは下り酒だったのか」

興奮のあまり顔を紅潮させた。

「そうだ。酒も水によって出来不出来が分かれるが、下り酒なら、使われている水は上方のものだ。昆布との相性はいい。おまえが寝入った後、とっつぁんの仏壇に供えてあった下り酒を拝借した」

「それでこんないい味に」

三吉は改めて菜箸を使って、味を確かめると、

「鰹風味と昆布風味、どっちの煎り酒も、これから塩梅屋のいい看板になりますね」

感極まった声を出した。

「どんなにいい煎り酒が出来ても、それだけでは看板とはいえない。どう料理に使っていくかが大切だ。これからだぞ」

季蔵は自分と三吉に言いきかせるように言った。

「頑張ります」

三吉の目がきらきら輝いた。

するとそこへ、

「あさり――しーじーみーよぉーいっ、あさり――むきみよぉーい。あさりはぁーまぐーりよぉーいっ」

朝は棒手振りになる豪助の声が聞こえてきた。

その声が、

「あさり――しーじーみーよぉーいっ」

繰り返された後、

「あっさり死んじめえ、あっさり死んじめえ――」

やけに物騒なかけ声に変わると、

「嫌あねえ、縁起でもない」

とんとんと、二階から下りてくるおき玖の足音がした。

「あれは朝の挨拶代わりなんだろうけど、豪助さんたら、どうして、あんな売り声出すのかしら」

ぶつぶつ苦情を言いながらも、財布を握りしめていて、

「昨夜は夜なべだったみたいね。お腹《なか》空いたでしょう。朝は浅蜊をたっぷり入れた味噌《みそ》汁

にするわ」

　それを聞いた三吉は、

　――そういえば――

　腹の虫がぐうと鳴いた。

　この後、三人で朝餉を済ませると、

「八ツ刻（午後二時頃）までに店に来てくれ」

　季蔵は三吉を家に帰した。

「それで、おとっつぁんのやり残した煎り酒、仕上げられたの？」

「目途はつきました」

「鰹風味以外の煎り酒も出来たってことね」

「ええ。鰹のほかに昆布と味醂。ただし、よほど使い方が的を射ていないと、とっつぁんに叱られてしまいます。金輪際、俺の梅風味で間に合うような料理は作るなと――」

「あの世のおとっつぁんが、唸《うな》るだろうっていう、飛びっきりの使い方ね」

「もちろん」

「一つは出来てるじゃないの。卵かけ飯には鰹風味」

　おき玖に励まされたが、卵かけ飯では賄いもてなしにしかならなかった。

　――粋香堂の懐石膳までには、何とか、これという使い方を工夫したいものだが――

　季蔵は気になって、長屋に帰ったこの夜もなかなか寝つけなかった。

翌日の夕方、粋香堂の隠居籐右衛門が塩梅屋を訪れた。籐右衛門は小柄で面差しの優しい白髪頭の老爺《ろうや》であった。

「折り入ってお話ししたいことがございまして――」

季蔵は三吉に店を頼むと、籐右衛門を離れへと案内した。

「長次郎さん、お久しぶりです」

籐右衛門は長次郎の仏壇の前に座った。持参してきた伊丹《いたみ》の酒を供え、線香をあげて手を合わせる。

伊丹の酒は長次郎の好物だったが、灘《なだ》や伏見ほど出回っていなかった。長次郎の仏前にわざわざ、伊丹の酒を選んで供えてくれるというのは、生前、店主と客という垣根を越えて、懇意にしてきた証《あかし》であった。

「商いに行き詰まると、長次郎さんによく話を聞いていただいたものです。今はもうおいでにならないとわかっておりますが、このところ、心に迷うことが多く、ついつい、こうしてまいってしまったのです」

そう言って籐右衛門は目を瞬《またた》かせた。

六

さらに籐右衛門は、

「ここの料理は、あなたが長次郎さんの味を受け継いでいる。ですから、わたしにはここの味を通して、長次郎さんが生きているように思われてなりません。それで、あなたに胸のうちを打ち明けたくなったのです。ひいてはお願いしたいこともあって――」

「わたしのような者でよろしければ、どうか、話をお聞かせください」

季蔵は向かい合って座った。

――藤太が引き起こす家の中の揉《も》め事によるものだろうか――

籐右衛門は老け込んでいた。額や眉間《みけん》の皺《しわ》が深くなり、一年前の梅見の頃、出張料理で粋香堂を訪ねた時に比べて、五つも六つも年を取ったように見える。

「なにぶん、お恥ずかしいお話なのですが、跡取りの孫のことなのです」

――やはり――

「藤太さんとおっしゃいましたね」

「覚えておいででしたか」

籐右衛門は目を伏せた。

「その藤太さんに何か？」

まさか、噂を知っているとは言えない。

籐右衛門はそれには応《こた》えず、

「去年の梅見は、倅夫婦に孫が産まれ、その子にふさわしい懐石膳をとお願いしましたね」

「そうでした。産まれたお孫さんは女の子なので、雛節句の前祝いのような華やかで、おめでたい膳をというご注文でした。それで海老《えび》豆腐なぞをお作りしました」

普通、海老豆腐は水切りした木綿豆腐と、背わたを取って一口大に切った海老を胡麻油《ごまあぶら》で炒め、醬油と塩で調味し、おろし大根と小口切りにしたねぎを加え、ひと混ぜして器に盛りつけて、粉山椒《こなさんしょう》をふる。

これに季蔵は醬油を使わず、塩味だけで仕上げて、海老と豆腐の紅白を際立たせた。

「孫のおひなは、やっと授かった女の子なのです。粋香堂は三代続けて女の子に恵まれませんでしたので、おめでたい、おめでたいと家中、大騒ぎでした」

「そこまで喜ばれる理由《わけ》は、深いものがおありなのでは？」

ほとんどの家は、跡継ぎの男の子が産まれて喜ぶものであった。

「粋香堂の初代を築いたのは、御先祖様の有り難い兄妹だと聞いています。仲のいい兄妹が力を合わせて商いを広げ、今日の粋香堂の元となったのです。兄の方は若くして嫁に死なれたので、妹は嫁ぐこともせず、商いに精を出す傍ら、甥《おい》たちの世話に明け暮れて、立派に跡を継がせたり、暖簾分けをさせたりと、誰もがその働きぶりを讃えたそうです」

「なるほど、それで、女の子が産まれるのが、これほどめでたいのですね」

「御先祖様の妹は、今際《いまわ》の際に、〝今後、女子が産まれたら、わたしの生まれ変わりだと信じ、商いを教えるように〟と言い残してもいまして――」

――香は男より、女が好くものだ。だとすると、商いは女の助言があった方がよいかもしれない――

「それでおひなちゃんは、女丈夫だった御先祖の生まれ変わりだということになったのですか」

「このわたしがはしゃぎすぎました。年を経て、隠居の身ともなると、気になるのは、粋香堂の今後のことで、わたしの代よりも栄えてほしいと願わずにはいられないのです。それがいけなかった」

それだけ言うと、籐右衛門はがっくりと肩を落としてうなだれた。

「とはいえ、まだ、何もわからない赤子のおひなちゃんは、あなたの想いを重荷になど感じないはずですよ」

季蔵は核心へと水を向けた。

「傷ついた気持ちになったのは、跡取りの藤太さんですね」

「どうやら、そうなのです」

籐右衛門はうなだれたままでいる。

「この一年の間の藤太の変わりようといったら、言葉に出すのも恐ろしいほどです。手習いの席書きで褒められる、どこに出しても恥ずかしくない子でしたのに、あんなに変わってしまって――。始終、遊び呆《ほう》けるための金を持ち出して、父親を怒らせるだけではなく――」

身体を震わせて口籠もった籐右衛門に、

「いったい、何があったのです？」

季蔵は先を促した。

「そんな藤太もおひなだけは可愛《かわい》がっていました。欲目もあるのでしょうが、おひなの無垢《むく》な笑顔ときたら、誰でも夢中にならずにはいられません。ですから、いくら藤太でも、おひなにあんなことをするとは――。藤太はおひなを抱いて、二階に上り、激しく左右に揺らして、おひなが泣き出しても止《や》めず、階段の踊り場から投げ落とそうとしたのです。その時、わたしが居合わせなければ、どんなことになっていたか――」

籐右衛門はその時のことを思い出したせいか、蒼白《そうはく》になった。

「大事には至らなかったのですね」

「ええ、おかげさまで」

「藤太さんを叱ったのですか」

「はい。かなり強く」

「おひなちゃんにしようとしていたことを認めましたか？」

「いいえ、投げ落とす気などなかった、ただ、おひなを喜ばそうとして揺らしていて、弾みがつきすぎたの一点張りでした。わたしはこの際だからと思い、日頃の遊蕩ぶりを改めさせようと思いました」

「苦言を聞き入れましたか？」

「藤太の気持ちがどうして歪《ゆが》んだのかはわかりました。おひなが元だったのです。おひなが産まれてからというもの、家の皆が、奉公人たちに到るまで、御先祖様の生まれ変わりだと言って、赤子のおひなを愛《め》でているのが面白くないとはっきり言ったのです。たしかにその通りで、倅夫婦にも増して、大喜びして騒いでいたのはわたしでしたので、藤太の気持ちを知ってしまうと、藤太だってわたしの可愛い孫、ましてや、跡継ぎです、叱ることはできなくなりました」

「藤太さんは相変わらずなのですね」

「気持ちをわたしに吐きだしたせいか、多少、遊びは減りました。父親との諍《いさか》いの声も少なくなったようです。そこでわたしは、今こそ、藤太に自分の想いを伝えなければと思っているのです」

「お伝えになりたいのは、決して粗略に思っているわけではない、跡継ぎとして、誰よりも大きな期待をかけているということでしょうか」

「その通りです。それにはまずは、料理で表したいと思いついたのです。藤太は塩梅屋さんの出張料理を楽しみにしております。ですから、今回は雛節句の前祝いではなしに、藤太のための料理を作っていただきたいのです」

籐右衛門の目に涙が光った。

「わたしは藤太に詫《わ》びたいのです」

「わかりました。藤太さんは卵焼きがお好きでした。今もよく召し上がりますか」

「そうでしたが、このところ、卵焼きは甘いから女の食べ物だなぞと、生意気な口をきくようになりました」

籐右衛門は苦笑した。

籐右衛門が帰った後、季蔵は離れに戻って、納戸から長次郎が遺した日記を取り出した。

──十六歳ともなれば、甘くなくて、食べ応えのある卵料理を好む年頃だ──

卓袱《しっぽく》料理覚え書きとある頁を開くと、長崎油餅卵《ながさきあぶらもちたまご》の作り方が書かれていた。長崎では、酒宴によく饗《きょう》される卵料理だそうだが、作り方は伝聞にすぎず、まだ、試してみたことはないと綴《つづ》られている。

──よし、やってみよう──

季蔵はこの夜も店に居残ることにした。

この料理では卵を半熟に茹《ゆ》でる。まず、卵をこんこんと軽く打ちつけて、ひびを入れ、これを水を張った鍋に入れて茹でる。白身が流れてくれば出来上がりで、この半熟卵の殻を剝《む》き、黒胡麻と小麦粉をまぶして、胡麻油で色付くまで揚げ、たて二つに切って器に盛る。

かける葛餡《くずあん》を用意しなければならない。

──味醂の甘さならいいだろう──

餡に使う出汁には、味醂風味たっぷりの煎り酒を加えた。これに鰹出汁と酒を足して煮立たせ、水で溶いた葛粉を廻し入れてとろみをつけ、細切りにした人参《にんじん》と木耳《きくらげ》、旬の根三つ葉を加えて出来上がりであった。

半熟卵を揚げ卵にする技はそう難しくなかったが、煎り酒の入る葛餡の味に拘《こだわ》り続けるときりがなかった。

いつの間にか、夜が明けてしまい、

――これでいいとするか――

一息つこうと小上がりで横になったとたん、寝入ってしまって、目が覚めた時には、飯の炊けるいい匂《にお》いとおき玖の顔があった。

「今朝は大変な御馳走のようね」

おき玖は七鉢も並んだ長崎油餅卵を見つめた。

「まずは、とっつぁんに供えてこなくては」

季蔵は最後に出来た会心の一鉢を離れへ運び、戻ってくると、

「実は――」

籐右衛門に頼まれた料理の話をした。

「そういう事情の一品なら、きっと、おとっつぁんも喜んでくれてるわ」

頷いたおき玖は、炊きあがった飯と一緒に鉢にも箸を進めて、

「どうして、油餅卵っていうのかわかったわ。この揚げ卵、もちもちしていて、とっても美味しい」

歓声を上げた。

七

だが、季蔵は結局、粋香堂へ出張料理に出かけず終《じま》いになった。

「産み立ての卵を頼んできましたよ」

三吉が声を弾ませ、

「人参は砂村、根三つ葉は小山田のをって、青物屋にきつく言ってあるの」

おき玖がにっこり笑ったにもかかわらず、出張料理を明日に控えた日の昼過ぎ、腰高障子が開くと、まずは、北町奉行所同心の田端宗太郎《たばたそうたろう》の青い顔がぬっと現れた。

「ちょいと、休ませてもらうよ」

岡っ引きの松次《まつじ》が戸口を閉める音が続いた。

「あら、まあ、これは田端の旦那、松次親分」

おき玖は瞬時に愛想笑いを作って、

「お役目、ご苦労様でございます」

酒と甘酒の用意を始めた。

三十を幾つか越えた痩身長軀《そうしんちょうく》の田端は、大きな骨が小袖《こそで》と巻き羽織を着流しているように見える。滅多に話さず、笑わず、それでいて酒には滅法強く、水か茶でも啜るように大酒を飲んで、目ばかり光らせる。

相棒の松次は中肉中背の江戸市中、どこででも見つかりそうな凡庸な容姿で、酒は一滴も飲めない。甘酒や菓子に目がなかったが、美味い菜となると人一倍の食欲を発揮する。

「どういたしましょう？」

季蔵は卵かけ飯の賄いもてなしに、この二人を招いていた。

「卵かけ飯を召し上がりますか？」

「いや」

田端は酒を選んだ。

「おれはそれにする」

松次はぺろりと舌を上唇に這《は》わせた。

「卵かけ飯は好物だし、実を言うと、朝から何も食っちゃいねえんだ。旦那も同じだろうが、旦那には、賄いなんかじゃない、もっと、ましな肴《さかな》を作ってくれ」

松次の田端への気遣いはなかなかのものだったが、その実、田端が底なしに酒を飲もうと、松次が美味いものを食いまくろうと、役得のうちで、金を払ったことなど一度もなかった。ようは十手《じって》を笠《かさ》に着て図々しいのである。

季蔵は田端のために油餅卵を作った。酒の肴とあって、擂《す》った奥多摩の山葵を葛餡の上に載せてみた。

すると、田端は、

「うん」

大きく頷いて箸を進め、盃《さかずき》を傾けた。

「親分もいかがです?」

季蔵は松次の分も作るのを忘れなかった。すでに松次は梅風味と鰹風味、二椀の卵かけ飯を平らげていた。

「味、違いましたでしょう?」

おき玖は訊いたが、

「そうかい? とにかく、美味かった。それだけだよ」

松次は気づかず、

「こりゃあ、美味そうだ」

すぐに油餅卵に飛びついた。

「親分のは山葵を抜きました」

「気が利くな」

下戸の松次は山葵も苦手であった。

大酒と大飯の後、多少、人心地つくと、

「それにしても、旦那、嫌な事件でしたね」

松次が呟いた。

田端は相づちの代わりに盃を手にした。

「粋香堂はこれで終わりですよ。跡継ぎが縄付きになっちゃあ、もう——」

これを耳にした季蔵は、

「粋香堂とおっしゃいましたね。粋香堂というのは香屋のことですか」

驚いて念を押した。

「粋香堂なんて屋号、香屋じゃなくてどこにあるっていうんだい。正真正銘、何代も続いた老舗《しにせ》の香屋粋香堂さ」

松次はずずっと音を立てて、甘酒を啜った。このまま、二杯、三杯と甘酒を茶の代わりに飲み続けるのである。

「跡継ぎがお縄になったというのは、いったい、どういうことです？」

季蔵は訊かずにはいられなかった。

――ここへ来た時、籐右衛門さんは、赤子に夢中になりすぎたと悔いてはいたが、ことさら沈痛ではなかったのに――

田端が珍しく口を開いた。

「跡継ぎ藤太は、主である竹二郎を中ノ橋から突き落として殺したのだ。昨日から竹二郎は姿を消し、家の者が案じて奉行所に届けてきていた。今日の朝になって、水死した竹二郎の骸《むくろ》が京橋川の川原で見つかり、犯行を見たと言って、猪牙舟の船頭が名乗り出てきた。若い男ともう一人が争っている様子で、若い男がもう一人を突き落とすのを見たのだという。竹二郎が行き先も告げずに、店からいなくなった頃合いに、藤太も姿がなかったので、若い男は藤太ではないかということになった。奉公人たちも、前々から、親子仲のよくなかったことを証言し、藤太を取り調べることになった」

「そんな——」

おき玖はしばし呆然《ぼうぜん》としていたが、気を取りなおして、

「親子喧嘩《げんか》で子が親を殺していたら、このお江戸八百八町、どこも骸だらけのはずですよ」

知らずと田端に食ってかかっていた。

——たしかに、あの藤太が、父親を手にかけたとは信じられない——

季蔵は藤太を知っているだけに、なおさら信じたくなかった。

「それはな——」

言いかけた田端は、盃の方を選んで、松次に向かって顎をしゃくった。

「ただの親子喧嘩なら、人殺しは起きなくても、これに女が絡むとね——」

松次は上目使いになった。

「好きな相手が出来て、父親が反対したということですか？」

季蔵は咄嗟《とっさ》にこれしか思いつかなかった。

——しかし、だとしたら、あのご隠居が中に入って、粋香堂の嫁にしていい娘かどうか、しっかり、見極めるはずだ。それに、そもそも、今の粋香堂のお内儀は花魁だったということもある。そうは頭ごなしに縁を潰そうとはしないはずだが——

「そんなことなら、殺すほどにはなんねえさ」

松次はいつになく苦い顔になった。

「こればっかしは、おぞましいぜ」

おき玖は目を合わせた松次が頷くのを見澄ますと、

「季蔵さん」

見つめられた季蔵は、

「まさか――」

目を瞠った。

「元を正せば、吉原の花魁を身請けして、粋香堂のお内儀にしたのが悪いってことにならあな。血のつながらない義理の息子がおやじを殺したくなるほど、継母に恋い焦がれてたってわけなんだから」

言い終わった松次は、自棄酒《やけざけ》のように甘酒を呷《あお》って、

「それにしても、若い奴の恋ってえのは、親子の縁以上のもんなんだと空恐ろしくなったよ。取り調べた藤太はね、父親がこの世からいなくなりさえすりゃあ、綺麗な継母と夫婦になれるって信じてたてね、血を分けた父親殺す時、咎《とが》める気持ちは、毛ほどもなかったそうだ。今でも、ためらわず同じことをするだろうから、後悔はしてねえって、はっきり言い切った。こうなりゃあ、御定法通りの沙汰《さた》は間違いねえ。若え身空で気の毒だが、藤太は父親殺しで打ち首獄門（さらし首）さ」

苦いものを吐きだした。

「ご隠居の籐右衛門さんはどうしておいでです？」

――あの人のことだ。どんなにか心を痛めていることか――

「商人が身内から縄付きを出したら、みっともねえことこの上ねえ。それが獄門となりゃあ、どんな大店でも、そのままじゃいられねえ。すでに粋香堂は暖簾を下ろした。そんな最中、籐右衛門はさすが老舗の血筋、腹が据わってた。まずは、奉公人の身の振り方を、その次にお内儀や赤子のこと、老いさらばえた自分の身は、いつ朽ちてもかまわないと言っている。今度のことの元になったお内儀を責めるわけでもなし、立派なもんだよ、感心した」

松次はふーっとため息をつき、

「不運だな」

ぽつりと洩らして田端は立ち上がった。

二人を見送ったおき玖は、

「世の中って、思いもかけないような、酷《ひど》いことが起きるものなのね」

目に涙を溜《た》めて、

「たとえ責められなくても、お内儀さんの胸の裡《うち》は苦しいでしょうね。自分のせいで、ご亭主と義理の仲とはいえ息子さんを死なせ、粋香堂まで終いにさせてしまったんですもの」

「明日、出張料理に出向くのではなく、今から茶巾卵《ちゃきんたまご》を届けましょう。こんなことしか出来ないが――」

そう言って、季蔵は買い置いてあった卵を三吉に残らず茹でさせた。殻を剝き、再び熱湯に漬けた後、尖《とが》った方を上にして、晒《さら》しの手巾《しゅきん》で包み、二、三回、ねじりながら押さえると、和菓子に似た典雅な茹で卵が出来上がった。

――この上方風の茶巾卵は、老舗の粋香堂そのものに見える。このような時にはとかく、寝食を忘れがちなもの。どうか、これが雅《みやび》やかなだけではなく、精のつく食べ物であることを感じて、辛《つら》い日々を乗り切ってほしい――

季蔵は優美な茶巾卵に祈りをこめずにはいられなかった。

第二話　鰯の子

一

そこかしこから、梅の花が満開だと伝えられてくる早春の昼過ぎ、

「白魚《しらうお》はまだかい？」

豪助《ごうすけ》が腰高障子を開けて入ってきた。

豪助に限らず、塩梅屋《あんばいや》ではこの時季、必ず白魚料理の催促がある。梅の花がほころぶ頃、佃島《つくだじま》でとれる白魚を誰もが楽しみにしている。白魚は人気魚であった。

長次郎《ちょうじろう》は白魚を丁重に扱った。

「白魚尽くしにしてくれよ」

客たちが頼んでも首を横に振って、

「お一人様、一ちょぼでご勘弁いただきます」

旬だからと言って、客の喜ぶ尽くしなどにはせず、白魚二十四分である一ちょぼでもて

なした。

「白魚は権現様（徳川家康）ゆかりの有り難い魚だからな、馬の飼い葉みてえには食わせられない。思わず、拝みたくなるほどの量がいいところさ」

「白魚は権現様が尾張の海から江戸前に移して、増やしたという説もあるけど、これはまことしやかな嘘《うそ》っぱちで、もとから、白魚は江戸前の魚だろ」

船頭だが浅蜊《あさり》や蛤《はまぐり》売りも兼ねる豪助は、白魚がどんな魚より好物であった。

「何と言っても、あの姿がいいよ。細くて白く透き通っていて、顔見せを始めたばかりの無垢《むく》な茶屋娘みたいだ」

「ただし、権現様が摂津国西成《にしなり》郡佃村（大阪市西成区佃）から漁師たちを呼び寄せて、佃島を与えたというのは本当だ。洲を埋め立てて、その漁師たちが住みつき、白魚漁を行ってきたのだという。権現様は漁師たちを白魚役に取り立てて、白魚を納めさせ、屋敷まで与えたそうだ」

これは季蔵《としぞう》が長次郎から聞いた話である。

「白魚漁はいいぜ」

舟の上で篝火《かがりび》を焚《た》きながらの白魚漁は、早春の佃島の風物詩である。豪助は漁師たちに頼んで、白魚漁を見せてもらったことがあった。

「篝火に照らされて、引き上げたばかりの四手網《よつであみ》が白くきらきら光ってるんだ」

四手網というのは四隅を竹で張った網である。

「そいつがやけに清らかな綺麗《きれい》さでね。極楽の色ってえのは、こういうもんじゃねえかって、うっとり、見惚《みと》れちまうのさ」

「きっと権現様も白魚の姿や無垢な色を好まれたのでしょう」

おき玖《く》は相づちを打ったが、季蔵は何も言葉を挟まず、

「夜には初物を頼むぜ」

豪助が帰ると、

——味の方はどうなんだろう——

仕入れたばかりの白魚を見つめた。

正直、季蔵は白魚の味がずば抜けているとは思っていなかった。あっさりと淡泊ではあるが病みつきになるほどではない。

——とっつぁんが、白魚を尽くしにしなかったのは、権現様を崇《あが》めるためだけではなかったのではないか——

塩梅屋では長次郎に倣って、旬の白魚は、小鉢の突き出しだけと決めている。これは、生の白魚に梅風味の煎《い》り酒《ざけ》をかけただけのものであった。

「白魚が大人気ね。今年あたり、白魚を尽くしにしたらどうかしら？　おとっつぁんはああ言って譲らなかったけれど、今の塩梅屋の主《あるじ》は季蔵さん。遠慮しなくていいのよ」

「白魚尽くしですか——」

「まず、突き出しはいつもの小鉢でしょう。それから卵とじにかき揚げもいいわね。あと

吸い物に白魚飯――。どれも、皆さん、大喜びなさるわ」

白魚飯は薄い塩味と醬油《しょうゆ》で炊いた飯の上に、生の白魚を載せ、酒を少量ふりかけて蒸らす。

「どうしたの？　あんまり、気乗りがしてないようだけど――」

おき玖は季蔵の顔色を読んだ。

「白魚に限って言うと、卵とじは卵の味、かき揚げは、一緒に合わせる三つ葉なんぞの香りばかりが際立つように思います」

「たしかに白魚って、そう味のあるものじゃなかったわね」

「あと吸い物にしても、ろくに出汁《だし》など出やしませんから、姿だけですよ、見事なのは。でも、まあ、あの白い姿が水と見立てた汁の中を、ゆらゆら泳いでいる様は、そう悪いものではありません。ですが、白魚飯となると、醬油と酒の味が強い飯というだけです。白魚を醬油が染みていない飯粒と間違えるのが関の山、白魚の精彩はどこにも感じられません」

「それじゃ、塩梅屋の白魚尽くしは今年もなしというわけね」

おき玖はため息を一つ洩《も》らして、

「何だか、季蔵さん、おとっつぁんに似てきたわね」

「似てきたついでに、とっつぁんなら、白魚の突き出しをどう工夫するだろうかと、考えてみようと思っています」

こうして、季蔵は白魚の突き出しに手を加えた。長次郎伝授の定番に、菜種油で揚げた一口大のかき揚げを添えたのである。白魚の天麩羅には、白身魚を引き立てる昆布風味の煎り酒がよく合った。

「あら、白魚の天麩羅って、生で食べる時よりよほど味が深い。鯛《たい》や平目に比べても劣らないしっかりした味で、それで昆布風味の煎り酒ともぴったりなのね」

「白魚だけだからです。これに三つ葉や芹《せり》なぞを混ぜてかき揚げにしてしまうと、嵩《かさ》が増えるだけで、せっかくの味が消えてしまいます」

「これで塩梅屋の新しい白魚料理が一つできたじゃないの」

おき玖は自分のことのようにうれしかった。

そんなおき玖が以前、通っていた三味線の師匠お、う、た、に道でばったり出遭ったのは、それから三日後のことであった。

「お師匠さん」

「もしかして、おき玖ちゃん」

——あの時は八つ年上のお師匠さんが、もの凄《すご》く年長に見えたけど、今は年の差なんて感じない——

昔も今もおうたは着こなし上手で垢抜《あかぬ》けていた。

「あの時は本当にごめんなさい」

おうたの教え方は評判がよくて、稽古《けいこ》に通う者が増え続けていたにもかかわらず、ある日、突然、〃本日にて稽古を終《しま》います〃と戸口に貼《は》り紙がされ、おうたは姿を消してしまったのであった。その後、払い過ぎた謝儀（月謝）は人を介して戻されてきたが、届けに来た使いの者は、おうたとは何の面識もなかった。

「いいんですよ。きっと深い事情があったんでしょうから」

　二人は近くの茶店に並んで座った。

「でも、お師匠さん、今度は話してくださいね。前の時はあたし、まだ子どもでしたけど、今はもう立派な大人なんですもの」

　おき玖は父長次郎を亡くした話をした。

「さぞ、辛《つら》かったでしょうね」

　おうたは涙ぐみ、

「それでいろいろ、わかるようになったのね。おき玖ちゃんも」

目を伏せた。

「お師匠さんは今、辛そうだわ」

　おき玖は言い当てた。

「相変わらず綺麗で、昔と変わってないけれど、浮かない様子ですもの」

「実はあたし、今はもう、三味線を教えちゃいないの」

　おうたはおき玖たちの前から、姿を消した後の長い話を始めた。

「南新堀町の海産物問屋撰味《せんみ》堂《どう》を知ってる？」

いたのよ」

「そこの若旦那《だんな》がお内儀さんを亡くした後、あたしのところへ三味線を習いに通ってきて
「ちっとも知らなかったわ」

「子どもだったおき玖ちゃんに気づかれてはお終いよ」

　おうたは苦笑して、

「あたし、その人、幾次《いくじ》さんに望まれて夫婦《めおと》になることになったの」

「まあ、玉《たま》の輿《こし》。お師匠さんもお相手が好きだったのでしょう？」

「ええ、それはもう。でもね、あたし、いよいよとなると、不安になってきて、幾次さんに、夫婦になる代わりに、守ってほしいことがあるって言ったの」

「どんなこと？」

　おき玖には見当もつかなかった。

「足入れ婚」

　足入れ婚とは、農家に多く見られる婚姻の形であった。嫁となる女がしばらく婚家に住んで、婿となる男と夫婦同然の生活を続けてから、婚礼を挙げるのである。婿や婚家が嫁にふさわしくないと判断すると、婚姻を取り止《や》めて実家に戻すことも、稀《まれ》ではあったが、皆無ではなかった。

二

「足入れ婚なんて――」

　女に不利ではないかと続けようとしたおき玖に、

「幾次さんには先妻の子が居たのね。あの頃、おきちちゃんは五歳だった。あたし、店のことは何とか努力すれば出来て、お内儀さんらしくなれても、あの子のいいおっかさんになる自信はなかったのよ。あたしは小さい時に両親に死なれて、ずっと親戚《しんせき》に世話になって暮らしてきたから、突然、血のつながらない子の母親になるなんて、あんまり、荷が重すぎて――」

　当時を思い出したのだろう、心細げに声を低めた。

「だからね、おきちちゃんと上手《うま》くやっていけなければ、あたし、撰味堂の嫁にはならないつもりだったの」

　おうたはその時の覚悟のほどを話した。

――でも、お師匠さんならきっと仲良くなっただろう――

　三味線を習う女の子たちは、五歳よりは年嵩であったが、気の細かいおうたは、少女たちの気持ちをはかることが巧みで、弟子たちは誰もがおうたを慕っていた。稽古の後、いつも用意されていた五色の金平糖《こんぺいとう》の味や、おうたの笑顔が醸し出していた、心地よく包み込まれるような優しさを、今でもおき玖はなつかしく思い出すことがある。

だろうし――声のいいお師匠さんに草紙本などを読んでもらうと、幼い子はうっとり聞き惚《ほ》れる

案の定、

「おきちちゃんはよくなついてくれたわ。〃まだ小母《おば》さんなのよ〃、って言いきかせてたんだけど、いつのまにか、〃おっかさん〃って、教えもしないのに言いだすようになって――。二人で双六《すごろく》やお手玉をしたり、夜はあたしが子守歌を歌ってやらないと眠らないほどだった」

――じゃあ、どうして、今――

おうたは昔と変わらず艶《つや》っぽく、小綺麗に身繕っていたが、とうてい、大店のお内儀には見えなかった。

「祝言は挙げたんですか？」

おき玖は恐る恐る訊《き》いた。

「いいえ」

おうたは首を横にして、寂しそうに笑った。

「足入れ婚だと言ったでしょう」

「追い出されたんですか」

「それは――」

「奉公人のせいだわ、そうに決まってる。お師匠さんがてきぱきと何でもなさるのを妬《ねた》ん

「そうじゃないのよ。店の人たちは皆、親切だったわ。わたしも皆が大好きだった」

「じゃあ、何の理由があって――」

「むずかしいところね」

そこでおうたは口を閉じた。

――お師匠さんは話したくないのだ――

おき玖も黙り込んだ。

すると、おうたは、

「でも、もうそのことはいいの。ずいぶん昔のことだもの。気が気でならないのは、今の撰味堂で起きてることなのよ」

出遭った時と同じ暗い顔になった。

「撰味堂さんに何が？」

「十日ほど前に、幾次さんがいなくなってしまったの」

「ひょっとして神隠し？」

「それはまだわからないけれど」

「心配ですね」

大店の主ともあろう者が、自分から姿を消す理由があるとは、おき玖には思い難かった。

「何か心に思い悩むことでも？」

「大番頭さんに商いは順調だったと聞いたわ」

「残されたおきちちゃんは？　一緒におとっつぁんを案じる、新しいおっかさんがいるんでしょうね」

「幾次さんは独り身のまま」

「じゃあ、おきちちゃんはさぞ、心細いでしょうね」

「月日が経って、おきちちゃんも十二歳。それで、あたし、どうしても、おきちちゃんが気にかかって、撰味堂へ訪ねて行ったのよ」

「おきちちゃん、喜んだでしょう」

「ところが――」

言葉が止まり、おうたの目に涙が浮かんだ。

「あたしが〝あの時の小母さん、おうたよ〟って言っても、おきちちゃん、〝知らない、会ったこともない〟って言うばかり。二回目は顔さえ見せてくれなかった」

「五歳なら覚えてるはずでしょうに」

「あたしも覚えていてくれるとばかり思ってたから、たまらなくて――」

おうたは手の甲で涙を拭《ぬぐ》った。

「でも、仕方がないのよ。あたしだけが一方的に、おきちちゃんのことを忘れずにいて、お腹こそ痛めなかったけれど、我が娘《こ》のように想《おも》い続けてただけのことですもの」

「お師匠さん、撰味堂を出てからどなたかと？」

「いいえ、ずっと独り。子どももいないわ。たとえ離れていても、おきちちゃんがあたしの娘だって、ずっと思っていたし、あれほど、愛することのできる娘は、おきちちゃん以外にいるはずがないもの」

――だとしたら、お師匠さんはどうやって暮らしをたてているのだろう――

「あたしの暮らしぶりを案じてくれているでしょう」

おうたは見抜いて、

「本湊町《ほんみなと》で小さな一膳飯屋《いちぜんめしや》をやっているの。撰味堂を出てすぐ始めたのよ。名前は鰯屋《いわしや》。女が一人で食べて行くだけだから、四、五人座ればいっぱいで、酒の肴《さかな》は鰯料理ばかり。鰯って下魚と言われているけれど、一年中あって、味が濃くて深くて、料理次第では天井知らずの美味《うま》さでしょう。あたしはそれが気に入って、毎日、安くて飛びっきりの鰯料理でお客さんをもてなしてるの」

翳《かげ》りのない笑顔を向けた。

「だから、もうお師匠さんなんて言わないで。おうたと呼んでちょうだい」

「じゃあ、おうたさん……しっくりこないわね。やっぱり、あたしにはいつまでもお師匠さんだわ」

「そういえば、おき玖ちゃんのところも、同じ一膳飯屋だったわよね」

「ええ、そう」

おき玖は長次郎の跡を季蔵が継いで、二代目塩梅屋を名乗っていることを告げた。

「その人、若いんじゃない?」

「どうして、わかるの」

「その人の話をしてる時のおき玖ちゃんの目、切なそうだから」

「嫌だわ、お師匠さん」

おき玖は知らずと赤くなった。

「おき玖ちゃんも辛いことがあるみたい」

図星を指されて、

――もしかして、お師匠さんが祝言を挙げなかった理由って、幾次さんの亡くなったお内儀さんのせいかもしれない。亡くなった妻《ひと》への思い入れがあまりに強すぎたとしたら――


おき玖は季蔵の心を占めている、かつての許嫁《いいなずけ》瑠璃《るり》へと想いを馳《は》せた。

侍だった季蔵は、主君の放蕩《ほうとう》息子の横恋慕で瑠璃を奪われ、濡《ぬ》れ衣《ぎぬ》を着せられて出奔《しゅっぽん》せざるを得なかった。

一方、放蕩息子の側室になった瑠璃は、料理人になった季蔵と再会を果たしたものの、主君父子が殺し合うという惨事を目《ま》の当たりにして、正気を失い、長きにわたって生ける屍《しかばね》と化してしまっていた。

季蔵はこの瑠璃が預けられている、南茅場町《みなみかやばちょう》へ黙々と足を運んでいた。

――季蔵さんもまた、瑠璃さんとの思い出の中で愛を育み続けている。死者と同じだとは言えないけれど、誰もその世界に足を踏み込むことはできない――

「生きてるって辛いことだもの」

――とはいえ、あたしの辛さはこの人ほどじゃない――

おき玖はうつむいて、また、こみあげてきた涙を隠しているおうたを気づかった。

「あたしで役に立てることがあったら――」

「その科白《せりふ》――」

おうたは泣き笑いして、

「あたしも、おきちちゃんに言ったのよ。そうしたら、あの娘、〝そんなこと言ってくれたって、少しも有り難くない。役に立ちたいなら、大好きなおとっつぁんを草の根を分けても探してほしい〟って言ったの。あたしと話をするのは、探し当ててくれた時だって――」

「子どもとはいうものの、ずいぶんなことを言うんですね」

「無理もないわよ。あたしが知る限り、幾次さんはいつも強気で、頼もしかったもの。その幾次さんが、どうしていなくなってしまったのか、あたしがおきちちゃんでも知りたいわ」

「お師匠さんに心当たりは?」

「前から幾次さん、〝先々代の頃、うちは江戸随一の海産物問屋と言われた。ところがおやじの代になって一、二になり、今では五本の指に入ると言われている。これでは気に入らない。江戸随一に返り咲きたいものだ〟っていうのが口癖だった。だから、商いに関《かか》ってのことだと思うけれど――」

商売敵《しょうばいがたき》でも見るような目で、縁台に敷かれている赤い毛氈《もうせん》を見つめた。

三

帰って、おき玖はこの話を季蔵にした。

「それで、今は鰯屋をやってるお師匠さん、撰味堂の主がいなくなった理由を調べようとしているのよ。我が娘同然に思ってきたおきちちゃんへの、せめてもの義理立てだって言って。でも、こんなこと、岡っ引きでもない、飯屋の女将《おかみ》さんが動いてわかるものなのかしら？」

「たしかに――」

季蔵はおうたの気持ちはよくわかったものの、何かわかるとは思い難かった。

「田端《たばた》様や松次《まつじ》親分に頼めば――」

「撰味堂さんは大店ですから、もうすでに、お役人たちに、神隠しの届けを出しているはずです。あちらはお役目で探しているのですから、横やりなど入れられませんよ」

「そう言われてみればそうね」

おき玖は物言いたげに季蔵をじっと見つめた。

――こればかりはわたしの仕事ではない――

季蔵が長次郎から継いだのは塩梅屋だけではなかった。長次郎にはもう一つ、裏の顔があったのである。長次郎は、北町奉行　烏谷椋　十　郎《からすだにりょうじゅうろう》の配下として、奉行所役人が関わることのできない武家に潜入したり、御定法では裁くことのできない悪人を成敗していた。闇《やみ》に乗じて動く隠れ者だったのである。

もちろん、おき玖は父が隠れ者であったことも、季蔵がその仕事まで受け継いでいることも知らなかった。

「あたしに手伝えると思う？」

おき玖は思い詰めた目になった。

――どんな事情で別れたのか知らないけれど、お師匠さんには幾次さんへの想いがきっとまだあって、その証《あかし》が血を分けたおきちちゃんなのだわ――

「それはちょっと――」

季蔵は口籠《くちご》もった。

「おとっつぁんならどうしただろうと思って――」

おき玖は季蔵の泣き所を心得ていた。

「どうなさったでしょうね」

「おとっつぁんなら、幾次さんがいなくなった理由を突き止めて、お師匠さんに話し、終いには三人を家族にしてしまうわ」

おき玖がきっぱりと言い切ると、

「まいりました」

季蔵は苦笑して、

「わたしも、とっつぁんの通りにいたします」

撰味堂の主がいなくなった理由を突き止める手助けをする、と約束した。

翌日の昼近く、季蔵とおき玖は本湊町へ足を運んだ。

「鰯屋は小さな商いなので、昼も出しているそうなの」

「どんな料理を出しているか、気にかかります」

季蔵は目を輝かせた。

「あら、しばらくぶり——」

おき玖は微笑《ほほえ》んで、

「季蔵さんが、そんな目になったの、〝目黒のさんま〟の時以来だわ」

季蔵が落語の〝目黒のさんま〟に掛けて、秋刀魚《さんま》料理に腕を振るったのは昨年の秋のことであった。

「鰯は秋刀魚に負けず、劣らず、脂がよく乗っていて、味が濃く深い魚ですからね。白魚屋敷から上様に献上される白魚は風情がありますが、味では鰯に敵《かな》わないとわたしは思っています」

「もしかして、季蔵さん、白魚じゃなくて、鰯尽くしの料理でお客様たちをもてなしたいんじゃないの？」

「ええ、実はそうなのです。とっつぁんがいつだったか、〝秋刀魚の尽くしはちょいと脂が多すぎて胃もたれしちまうが、その点、鰯なら脂がほどよくて、尽くしにしても悪かない〟って言ったのが忘れられなくて──」

「ふーん。いろんな煎り酒と同じで、それもおとっつぁんのやり残したことだったわけね」

「そんな気がしてるだけです」

「たしか、川柳に〝いわしより外を喰ふと穴が開き〟っていうのがあったわね」

鰯さえ菜にしていれば、家計に支障はないという意味である。

「どこの家でも三日に一度は鰯でしょう？　よほど工夫しないと、お客さんたちがいい顔をしないわよ」

「ですが、同じく川柳に〝安けれど鰯は空にあらわれる〟というのもありますよ」

「鰯雲のことね」

「鰯雲は親しみ深いが手は届かない。そんな鰯尽くしを作ってみたいと思っているんです」

「これが鰯かと唸《うな》らせる料理ってわけね」

「そのつもりで考えています」

「楽しみだわ」

おき玖は自分のことのように心が弾んだ。

おうたの鰯屋は繁盛していた。二十人もの客たちが店の前に並んで順番を待っている。

「今日は俺の鰯飯だよ」

「今日だけじゃないか。明日は千疋飯《せんびきめし》だ」

「ここの鰯飯は天下一品さ」

「千疋飯だって退けをとるもんか」

「鰯飯が一番」

「それを言うなら千疋飯だ」

「子が親より偉れえわけがないぞ」

千疋飯とはちりめんじゃこのかけ飯で、ちりめんじゃこは白子《しらす》とも言って、鰯の幼魚であった。

「なにお、鳶《とび》が鷹《たか》を生むってこともあるんだ」

言い合った挙げ句、摑《つか》み合いになりそうな職人二人を、

「まあまあ、美味しいものを前に喧嘩は御法度ですよ」

居合わせた年配の客が止めた。

二人は半刻（約一時間）ほど待って、おうたの鰯飯に箸をつけることができた。

鰯屋の昼餉《ひるげ》はこの鰯飯に、春野菜がたっぷり入った鰯団子の汁で、三十二文であった。

おおかたの店は五十文はとるので、これは驚くほど安い。

「昼餉は年中、鰯飯と千疋飯を交代で出してるんです。変えるのは団子汁の青味ぐらいの

ものでーー」

忙しく立ち働いているおうたは頰《ほお》を上気させている。

季蔵は料理人の目でおうたの手元を追った。鰯飯は頭と腹わたを抜いてよく洗い、塩水に漬けておいたものを使っている。その鰯を研いだ米の上に置いて炊きあげていた。飯の上の鰯の骨を取って、さっくりと混ぜ合わせて椀《わん》に盛りつけ、小口切りにした葱《ねぎ》と千切りにした生姜《しょうが》をのせ、煮立てた出汁に、醬油と塩で味付けしたかけ汁で仕上げる。

ーー鰯の代わりにちりめんじゃこを使うと千疋飯なのだな。添えるのは、生姜ではなくおろし大根、一味唐辛子の方が合いそうだーー
大鍋に煮えている鰯の団子汁からは、芹の清々《すがすが》しい香りが漂っている。

「飯も安くて美味いが、女将もいい女だ」

「鰯の活《い》きがよくて、ちっとも臭みがねえのは、女将が毎日、手で捌《さば》くからだそうだよ」

「俺も一度女将に捌かれてみてえよ」

「助平はたいがいにしろ」

「わかったよ。いい飯屋を見つけたということにしておく」

暖簾《のれん》を潜《くぐ》って帰って行く客たちの声がした。

昼時の最後の客が出て行くと、

「来てくれたのね、おき玖《しゅきん》ちゃん」

ふーっと一息ついて、手巾で額の汗を拭うと、おうたは茶を淹《い》れてきた。

「御馳走《ごちそう》様でした」

　季蔵の言葉に、

「この方、もしかして？」

　おうたはおき玖の方を見た。

「塩梅屋季蔵です。申し遅れました」

　季蔵は挨拶《あいさつ》がまだだったことに気がついた。

「この季蔵さんがね、撰味堂さんのことを聞いて、幾次さんを見つけ出して、お師匠さんとおきちちゃんが昔のようになれるよう、一肌脱いでくれるっていうの。おとっつぁんならそうしたと思うし、そうよね、季蔵さん――」

　おき玖に相づちをもとめられた季蔵は、

「どうかお役に立たせてください」

　さわやかな口調で続けた。

「ありがとうございます」

　おうたは深々と頭を下げたものの、

「でも、そのことは――」

　一時、客の応対で明るかった顔が翳った。

「わかったということですか？」

　季蔵は訊いた。

「ええ」

おうたは頷《うなず》いて、

「撰味堂の大番頭さんがうちへいらして、おきちちゃんは、品川の遠い親戚に厄介になることになったって言ったんです。だから、もう、旦那様を探さなくていいと、おきちちゃんがあたしに伝えてほしいと――。もしもの時は、幾次さんがそうするようにと言い置いていたそうです」

おうたは泣くまいと唇を噛みしめている。

四

「もしもの時って――」

おき玖と季蔵は顔を見合わせた。

――とりあえずはここを出ましょう――

季蔵の目に促されておき玖は鰯屋を出た。

「あら、撰味堂さんへ行くんじゃないの？」

「わたしたちと撰味堂さんは何の関わりもありません。訪れたところで、大事な話をしてくれるとはとても思えないのです」

季蔵の足は松次の居る番屋へと向かっていた。

がたぴしと軋《きし》む番屋の腰高障子を開けると、

「塩梅屋が番屋に何用でい？」

不機嫌な松次の声が飛んだ。松次は甘酒の次に好物の金鍔《きんつば》を手にして、ほおばりかけていたところだった。

「実は折り入って、親分にお訊《たず》ねしたいことがございまして――」

「そう言ってもらっても、俺はお上から十手《じって》を預かっている身だ。軽々しくぺらぺらしゃべるわけにはいかねえ」

　松次は金壺眼《かなつぼまなこ》をわざと伏せた。

「親分、塩梅屋も甘味を始めようかと考えているんですよ」

　おき玖が笑いかけた。

「親分のお好きな大納言や白砂糖をたっぷりと使って――」

「そうかい、俺は白餡《しろあん》も好きだぜ」

　松次の瞠《みは》った目が細くなった。

　大納言とは小豆のことで、白餡は白いんげん豆から作られる。

「一番好きなのは、柄にもなく、練り切りなんだが、値がいいんで、そうそうは食えない」

　練り切りは白餡に、求肥《ぎゅうひ》やツクネイモなどを加える、京から伝わった雅やかな上生菓子である。

「親分のために練り切りを拵《こしら》えてみようかと、今、思い立ちました」

おき玖は必死であった。

「そりゃあ、うれしいね」

松次は笑み崩れて、

「ところで、何だっけ。訊きてえってえ話は？」

松次は季蔵の方を見た。

「いなくなった撰味堂さんのことです」

切り出した季蔵に、

「知り合いかい？」

「あたし、昔、三味線を習ってて、そのお師匠さんの知り合いなんです」

「主のこれかい？」

小指を立てた松次におき玖は小さく頷いた。

「そうとなりゃあ、心配だったろうな」

「ご主人の身に何かあったんですか？」

おき玖は畳みかけた。

「死んだよ」

ぽつりと洩らした松次に、

「どこで見つかったのです？」

思わず季蔵は訊いた。

「大川？　それとも誰かに――」

おき玖は胸が潰れる思いであった。

「見つかったのは向島《むこうじま》にある撰味堂の寮だった」

「それでは、いなくなったというのは――」

「方便さ。熱が出て倒れ、何日も寝た挙げ句、とうとういけなくなったんだという話だ。撰味堂の主は、日頃から、自分が病みつくようなことがあったら、治るまで、しばらくは、神隠しに遭ったことにするようにと言っていたそうだ。命を落とすようなことがあったら、通夜も葬式もせずに、早桶《はやおけ》にでも納めて菩提《ぼだい》寺に弔うようにと――。負けず嫌いな気性だったんだな」

「熱のある身を向島まで運ばせたのでしょうか」

季蔵は首をかしげた。

「まあ、そうだろう」

松次は目を逸《そ》らした。

――何かあるな――

季蔵は直感した。

「それでは親分、これで。練り切り、必ず作りますから」

見切りをつけたおき玖が先に外へ出た。

「どこへ行くのです？」

今度は季蔵が訊いた。

「早桶屋よ。そこで何かわかるかもしれないわ」

早桶というのは、骸《むくろ》を納める下等の棺桶《かんおけ》のことであるが、早桶屋とは葬儀屋なのであった。

「とっつぁんの時以来だな」

早桶屋は小柄な身体《からだ》に相応した小さな目をぱちぱちさせて、眩《まぶ》しそうにおき玖を見た。

「そういえば、そうですね」

「早桶屋と始終会うのもおかしな話だよ」

恥ずかしそうに目を逸らした早桶屋に、

「訊きたいことがあって来ました」

おき玖は口火を切った。

「俺でわかることだといいけど」

「早桶屋さんはお役人とか、岡っ引きじゃあないから、知ってることは話してくれますよね」

おき玖は押しの強さを発揮した。

「でも、俺がどんなことを知ってるって言うんでえ」

早桶屋は不安そうに首を横にした。

「骸のこと」

「誰の?」

「撰味堂のご主人、心当たりはないですか?」

「撰味堂なら、一昨日、早桶を運んだばかりだよ」

「その早桶を担いで、菩提寺まで運んだ人足《にんそく》に何か聞いていませんか?」

季蔵が口を挟んだ。

「おかしな話は耳にしたけど、まさか――」

「そのおかしな話を話してよ」

「人足たちの話じゃ、桶の中の骸は撰味堂の旦那のはずねえって。急な病で死んだ旦那が、首にぐるりと赤い筋をつけてるのはおかしいと――」

「その骸には首を括《くく》った跡があったのですね」

季蔵が念を押すと、早桶屋は怯《おび》えた目で頷いた。

「骸あっての生業《なりわい》とはいえ、首括りの骸は、恨みがましくて嫌なもんだよ」

礼を言って店を出ると、二人はいよいよ撰味堂へと向かった。

「いったい、何がどうなっているのか――」

おき玖は左右に首を振った。

「撰味堂の墓所に葬られた骸は、本当に幾次さんのものだったのかしら?」

「お嬢さん、これからが正念場です。当たり前に渡り合っては、真相を知ることなどできはしません。ここは、一つ、わたしのすることを黙って見ていてください」

「わかったわ」

撰味堂は大戸が下りていた。本日休業の貼り紙も見える。

「おかしいわ。通夜も葬儀もせずに、主を葬ってしまったというのに、なぜ、店を閉めてしまっているのか――」

「それはこれからわかるはずです」

季蔵は勝手口に回ると、

「木原店《きはらだな》にある一膳飯屋塩梅屋の主季蔵と申します。是非、お知らせしたいことがございまして伺いました」

応対に出た女中の一人に挨拶した。

――これじゃ、いつもの挨拶じゃないの――

季蔵が別人になりすまして、一芝居打つと思っていたおき玖は拍子抜けした。

「出張料理の押し売りなら間に合ってますよ」

鰓《えら》の張った年配の女中はすげなかった。

「実は亡くなられた旦那様のことで、どうしても、お知らせしたいことがあるのだと、奥へお伝えいただきたいのです。これはとても大事なことです」

わかったと告げる代わりに、女中は背中を見せ、ほどなく、戻ってくると、

「大番頭さんがお会いになるそうです」

二人は客間へと通された。

「お待たせしました。大番頭の蓑吉《みのきち》でございます」

年の頃、四十半ばの蓑吉は緊張の面持ちで頭を垂れた。

「旦那様のことでおいでになったとか――」

「どうしようかと迷い、女房にも打ち明けた末、伺うことにしたのです。昨夜、わたしは夜も更けて、出張料理から戻る途中早く帰ろうと、こちらが菩提寺に定めている正源寺を抜けようとしていたのです。その時、ぼーっと青い光が見えて、前に人影が立ちはだかりました。この世の者ではないかもしれない。咄嗟《とっさ》にそう思ったのは、その男の首に括れた跡が付いていたからです。恨めしそうな目もしていました。わたしは勇気を振り絞って、〝何か言いたいことがあるのではないですか〟と訊きました。すると、その男はおいで、おいでと手招きして、撰味堂さんの墓所へとわたしを導いて行ったのです。気がつくと、わたしは新仏となった、こちらの旦那様の墓の前に立っていたのです。旦那様はこの世に想い、または恨みを残して、亡くなられたのではないでしょうか。そうだとしたら、このままではいけません。成仏できるよう、ねんごろな供養をなさらなければ――」

黙って聞いていた蓑吉の顔が、みるみる青ざめた。

五

――あたしの役回りは季蔵さんの女房なのね――

おき玖は複雑な気持ちであったが、

「わたしの父は人に殺《あや》められました。それで、父がわたしの夢枕《ゆめまくら》に現れて無念を訴えたこともあったんです。主人にこちらの話を聞いた時、あの時の父と同じだと思いました」

さらに蓑吉を一押しした。

「殺められたのであれば、奉行所に届けて、下手人を捕まえてもらうべきです」

季蔵はきっぱりと言い切った。

「たいそうご案じいただいているようですが――。旦那様は殺されたのではありません。覚悟のなさり様なのです」

堰《せき》を切ったように話し出した。

「ご自分で首を括られたということですか」

季蔵はあまりの意外さに目を瞠った。

――いなくなったのだって不思議だったのに、自害だなんて――

おき玖は言葉も出なかった。

「はい。亡くなられたのは三日前です。梁《はり》に兵児帯《へこおび》をかけて、息絶えておりました」

「書き置きなどは？」

季蔵は訊かずにはいられなかった。

「ございました」

蓑吉は懐に手を差し入れて、

「てまえが見つけて、こうしてしまっております」

幾次の書き置きを広げた。

書き置きは蓑吉宛《あ》てで、それには、

――このたび、撰味堂始まって以来の大厄事を引き起こしたのは、わたしの不始末ゆえである。こうなってしまった以上、一刻も早く、父、祖父等の先祖に詫《わ》びたいと思い立ち、旅立つことにした。蓑吉、暖簾を下ろすことになる、撰味堂の後始末をよろしく頼む。娘のおきちや店の皆にはわたしの無様《ぶざま》な最期は知らせず、志半ばで急な病に罹《かか》り、命を落としたと思わせてくれると有り難い――

「世間には神隠しに遭ったことにしておりましたが、実は、旦那様は向島においでだったのです。骨休めしたいからと。しかし、なかなかお戻りにならないので、どうかされたのかと気になり、三日前、人目に付かぬよう、そっとお訪ねすると、あんなことに……。旦那様は常から潔い気性でした。そんな旦那様のここまでの覚悟です。あの世の旦那様が、この世に想いを残しているとは思えません」

蓑吉は言い切った。

「書き置きには、自害するしかなくなった経緯《いきさつ》は書かれていませんが、幽霊になって、まだ、この世を彷徨《さまよ》っている以上、あえて書かなかった、無念や恨みがあったのですよ」

季蔵は食い下がった。

――これだけの店が暖簾を下ろす羽目になるのは、もはや、只事《ただごと》ではない――

「おきちさんというのは娘さんですね。残された娘さんのためにも、心晴れてご主人が成仏なされるようにしないと――」

　おき玖は相手の泣き所を突いた。

「それはそうでございますが」

　蓑吉はじっと目を閉じて、しばらく、考えていたが、

「元気だった旦那様の顔が目に浮かびました。若い頃の笑顔――」

　目を開いて鼻を啜った。

「旦那様は矜持《きょうじ》のある方でしたから、今回の仕打ちには耐えられなかったのだと思います。旦那様は俵物の商いで大きな失敗をされてしまったのです」

　俵物とは煎海鼠《いりこ》や干鮑《ほしあわび》、フカヒレのことであり、これらは幕府にとって、長崎からの高価な輸出品であるほかに、高級料理屋で供された。海産物問屋が扱う、最も旨味のある商品ともいえた。

「俵物を扱うのは今に始まったことではないでしょう」

「もちろん、そうでございます。ですが、今回の大仕事には一関《いちのせき》藩の後ろ盾がございましたので、旦那様は大船に乗った気で、大きな賭《か》けをなさったのです」

　奥州の海で多くとれる俵物は、外様《とざま》大名たちの恰好《かっこう》な財政の一助であった。

「この撰味堂は、以前から一関藩と関わりが深かったのですか」

「いいえ、今回が初めてでございます。仙台藩の支藩である一関藩は、領内に仙台領があるなど、何かと、仙台藩の干渉を受けていると聞き及んでいました。財政は常に厳しく、

形ばかりの援助を仙台藩からほどこされても、借金は膨らむばかりだと——。ですから、こう申しては何ですが、旦那様から一関藩の俵物の話を聞かされた時、てまえはここと関わって商いが上手《うま》く行くとは、どうしても思えなかったのです。ああ、あの時に何としても、止めておくのでした」

蓑助は大きなため息をついた。

「高値で売れる俵物は、たとえ一関藩の漁師たちが命を賭けてとったものでも、仙台藩が握ってしまうのではありませんか?」

「その通りです。そっくり渡していたそうです。ですが、それでは一関藩は窮迫するばかりです。そこで、一関藩の江戸留守居役の佐藤玄播《さとうげんば》様と、御用商人である俵物集荷商と廻船《かいせん》問屋が組んで、俵物の一部を横流しし、財政の助けにしようとしているのだと旦那様は話して下さいました。うちは横流しされた俵物を仲介し、市中の料理屋へ売ったり、長崎へ送る役目を果たすだけでいいのです。これで、気の毒な藩も助かって、撰味堂も大儲《おおもう》けできる。これほど、気概のある商いはない、この大仕事で撰味堂を江戸随一に返り咲かせれば、やっと、御先祖様たちと肩を並べられる、撰味堂に幾次ありと後世に伝えられると、旦那様の目は輝いていました。当初はてまえも案じておりましたが、一回目に入ってきた積み荷は大成功でした。一関藩の俵物は他所《よそ》に比べて良質で安く、売値を下げると、これが大当たりして、すべてが順調に運ぶように思えたのです」

「それで二回目は?」

「旦那様はいささか有頂天になっていました。店の者たちに臨時の御祝儀さえ配るほどで――。勝って兜《かぶと》の緒を締めよと、苦言を呈さなかったてまえも悪かったのです。二回目の積み荷をもっと多くと、旦那様は、店を家賃《かじち》に入れて五百両を借りたのです」

「店を五百両で?」

季蔵は目を瞠った。

「ええ。旦那様は、いずれその五百両が、十倍になって返ってくると信じて疑いませんでした」

「それが裏目に出た――」

「船が沈みました。俵物は山吹色に変わる前に、海の藻屑《もくず》と消えたのです。旦那様はすぐに、一関藩の江戸留守居役の佐藤様の元へ走りました。何とか、多少の金は返して下さるよう、談判に行ったのです。ところが、佐藤様は会ってもくれず、旦那様はすげなく、門番に追い返されました。それで、絶望しきった旦那様は、自ら命を絶ったに違いありません。このままでは五百両が返せず、店が潰れるとわかっていたのです」

話し終わった蓑助はまた、鼻を啜った。

「これがてまえの知るすべてです。相手がお大名では、恨みを晴らすことなぞ出来はしません。それは旦那様もご承知のはずです。そして、今のてまえが、無念の旦那様にしてさしあげられることは、店の片付けをすることとぐらいです。ですから、また、旦那様の幽霊に出遭うようなことがあったら、蓑吉が三代続いた撰味堂らしい、恥ずかしくない終い方をさせていただくので、どうか、安心してほしいとお伝えください」

——おきちちゃんが親戚の家に預けられるというのも、住む家がなくなるからだったのだわ——

おき玖はつんと鼻の奥が痛くなった。

「十日後には、この店を明け渡さなければならないので」

立ち上がった蓑助を呼び止めた季蔵は、

「ところで、撰味堂が俵物を多く納めていた料理屋を教えていただけますか」

「そうおっしゃられても、一軒、二軒ではありませんが」

「その中で、旦那様が気に入って、ちょくちょく足を運んでいたところは？」

「それなら、両国の松木楼《まつきろう》でしょうか。一年ほど前からよくおいでになっていました。何でも松木楼でしか食べられない、お好きな料理がおありだとか——」

「ありがとうございました」

季蔵は礼を言って、おき玖と共に撰味堂を後にした。

「次は松木楼ね」

おき玖は両国へ向かう季蔵と肩を並べて歩いていた。

「次も同じようにお願いします」

「はいはい」

——引き続き、女房のふりをしろということね——

おき玖は複雑な気持ちが深くなった。

「松木楼では、幾次さんの好きだった料理を頼むのでしょ」

「そのつもりです」

「何の料理だか、蓑助さんに訊いてくれればよかったわね」

「それは何とかなりますよ。おそらく俵物でしょうし」

「俵物」

絶句したおき玖は俵物が苦手であった。

「俵物と言っても、食べ物ではないかもしれません」

季蔵は謎《なぞ》のようなことを言った。

六

松木楼は両国にある。只でさえ珍しい俵物を、手の込んだ料理に仕上げて食べさせることで知られていたが、市中で評判なのが煎海鼠の醬油煮で、これに限っては昼だけに格安で供された。

「煎海鼠を試してみろと、とっあんに勧められたことがありました。それで、松木楼へ連れて行ってもらったことがあるんですよ」

「おとっつぁん、俵物が好きだったから。特に煎海鼠が――。ただ煎海鼠は、三陸ほど遠くない、金沢八景でもとれることだし、店で出せない値ではないけれど、味付けが難しいんですって。あたしは芋虫がげじげじを背負ったような、あの姿を見ただけでもう駄目。味付けも何もあったもんじゃない」

きんこ、くしこ とも呼ばれた煎海鼠は、海鼠《なまこ》を干し上げたもので、大きさは小指ほどであった。これを水に藁《わら》を加えて煮立った土鍋に入れて戻すのだが、煮立てて蒸らし、冷ますという作業を数回繰り返さなければならない。二、三日したら七寸（約二十センチ）ぐらいに戻るので、突起のない腹のほうから包丁を入れて、中の臓物や砂を取りだし、綺麗に洗ってから、葱《ねぎ》と生姜と醤油、酒等で味付けするのであった。

「松木楼で食べた煎海鼠の醤油煮は、何とも深いこくのある味付けで、とっつぁんは、〝こりゃあ、たぶん、清《しん》から入ってくる牡蠣《かき》の油だろう。これさえ、手に入ればな〟と、口惜しそうでした」

そんな話をしているうちに、二人は松木楼の前まで来ていた。

玄関を入ると、

「すみません。今日の昼の煎海鼠はもうお終いです」

客を送ったばかりの若い仲居が、すまなそうに頭を下げた。

「昼を食べに来たのではないのです。ここの女将さんに折り入ってお話があって――」

季蔵は嘘偽りのない身分を名乗った。

「撰味堂のご主人のことでまいったとお伝えください」

いったん奥へ引っ込んだ仲居は戻ってくると、二人を客間へと案内した。

「お待たせしました。松木楼の主美依《みい》でございます」

年の頃、三十半ばの細面の女将は、一分の隙もなく、結城紬を着付けている。細面で痩せてはいたが滲《にじ》み出てくる貫禄があった。

季蔵は挨拶を返した後、

「一度、こちらへお邪魔して、美味しい煎海鼠をいただいたことがあります」

「それはそれは――」

お美依の緊張がいくらか緩んだ。

「ここでは、夜の海鼠も大変な人気のようですね」

季蔵はさりげなく持ち上げた。

生の海鼠は何度も晒すように洗った後、酢の物に作ると酒の肴として絶品であった。しこしことした独特の食感が堪《たま》らない。ただし、こちらは昼の醬油煮とは比較にならないほど高かった。

「松木楼は昼の煎海鼠か、夜の海鼠酢かなどと取り沙汰されておりまして――」

お美依は満更でもない笑みを浮かべた。

「ところで、撰味堂さんのことなのですが」

季蔵は斬《き》り込んだ。

「そうでしたね」

お美依は笑みを消した。

「実は、この妹が、名はき玖と言いますが、撰味堂のご主人と言い交わした仲だったのです」

――今度は妹――

おき玖は当惑した。

――それに死んだご主人と言い交わしていたなんて――

咄嗟におき玖は顔を伏せた。

「まあ」

あろうことか、お美依はやや顔色を青ざめさせて狼狽《うろた》えた。

「おき玖は今でも、亡くなった幾次さんが忘れられないでいるのです」

「それはそうでしょうけれど、でも――」

お美依はじっとうつむいたままのおき玖を見つめている。

「お願いです」

おき玖は顔を上げた。

――ここはお師匠さん、おうたさんに、なったつもりにならねば――

「撰味堂の大番頭さんにもお訊きしてみたんですが、どうしても、今一つ、得心が行かなくて――。ですから、どうか、知っていることがあったら聞かせてください。そうしないと、あたし、いつまでも踏ん切りがつかなくて、毎日、あの人のことばかり考えて、諦《あきら》められないいし、前へ進めないいんです」

おき玖はすがるような目を向けた。

「あなたの気持ちは、痛いほどよくわかります」

お美依はおき玖からそっと目を逸らして、

「死んだ人を悪く言いたくはないのですが、撰味堂さんはあなたが想っているような男《ひと》ではありません」

きっぱりと言い切った。

「どういうことです？」

おき玖は問い返した。

答える代わりに、お美依はぱんぱんと両手を合わせて、

「おわき、おわき」

呼ばれて障子を開けたのは、さっきの若い仲居であった。

「何でしょうか」

お美依は、

「いいから、ここに座って」

おわきを座らせると、

「おわきはわたしの遠縁の娘です」

と二人に言い、

「おわき、おまえが知っている撰味堂のご主人について話しておあげ」

おわきは不安そうな目で、季蔵とおき玖の顔を交互に見た。

「いいから。人助けだと思って――」

「はい」

おわきは話し始めた。

「撰味堂のご主人は若くはありませんでしたが、渋みのある男前で話も面白く、心配りもあって優しい人でした。ですから、ご主人から好きだと言われた時は、すっかり舞い上がってしまいました」

――季蔵さんが言っていた、俵物は食べ物ではないというのはこのことだったんだわ――

「おわきの様子がそわそわと落ち着かず、おかしいと思ったわたしが問い糾《ただ》すと、撰味堂さんに言い寄られ、理《わり》ない仲になったと告げられました。おわきは独り身の撰味堂さんのお内儀になれると、信じきっているようなので、思い切って、わたしはご主人に心の裡《うち》を訊きました。すると、あの人は〝まあ、そのうちに〟と曖昧な受け答えをするばかり。わたしには長年の間に培った勘で、その気はないのだとわかりました。でも、若いおわきにわかるわけがありません。そうだったね、おわき――」

相づちを求められたおわきは頷いて、

「あたし、馬鹿でした。三月《みつき》ほど前から、ご主人の心がおしまさんに移ってしまっていたんです」

　ぽつりと洩らした。

　――幾次さんは浮気者だったんだわ――

「そちらを前にしてこんなことを言うのもなんですが――」

　お美依はおき玖を目の端に入れて、

「他の女に手を出すにしても、よりによって、うちで働いている者の中から、選ばなくてもよさそうなもんでございましょう?」

　憤った。

「そのおしまさんは?」

　季蔵は訊いた。

「亡くなりました。撰味堂さんがいなくなった後、大川に身投げして――」

　おわきがひっそりと答えた。

「罰ですよ」

　お美依はぴしゃりと言ったが、

「おしまさん、苦しんでいたようです。店の者たちの話では、亡くなる前、しきりに悔いていたそうですから。どうして、愛《いと》しい人に商売敵を引き合わせてしまったんだろうかって――」

　おわきは眉を寄せた。

「愛しい人というのは幾次さんのことね」

おき玖は念を押し、

「商売敵となると、同じ海産物問屋ということでしょう。心当たりはありませんか」

季蔵はお美依に訊いた。

「そうおっしゃられても、市中の海産物問屋となると数え切れませんし」

「ただし、俵物を扱う大手となると限られてくるはずです。そして、おしまさんに引き合わせるように頼める相手となると、当然、この店に始終出入りしていた商人ではないかと——」

「それなら、一関が故郷の奥州屋彦兵衛《おうしゅうやひこべえ》さんです。奥州屋さんは一関藩の俵物を一手に引き受けていて、納める俵物は、良質で知られています。あのご主人ならわたしとは長いつきあいですし、撰味堂さんに引き合わせて欲しいのなら、わたしを通すはずですが——」

お美依は首をかしげた。

——奥州屋はなぜ、撰味堂を商いに食い込ませたのだろう——

季蔵は訝《いぶか》しんだ。

「ところで、近頃、ここへ上がった奥州屋さんに、何か変わった様子はありませんでしたか？」

「さて——」

しばらく考えていたお美依は、

「そういえば、奥州屋さん、お酒に酔ってこんなことを呟いていましたね。〃欲もほどほどにしないと、痛い目に遭って命まで失いかねない。やれ、うちは買い控えて助かった。くわばら、くわばら〃と。いつになくご機嫌でした」

七

松木楼からの帰路、しばらく季蔵は無言であった。

「女将さんの話、ようは幾次さん、奥州屋に嵌《は》められたってことでしょう？」

おき玖は黙ってはいられなかった。憤りがこみあげてきている。

「確かめたいことがあるので」

おき玖の声など聞こえない様子で、季蔵は再び、撰味堂へと足を向けた。

「まだ、何か——」

蓑吉は明らかに迷惑そうであったが、

「手短に話します」

季蔵は松木楼で知り得た奥州屋との関わりを話した。

「そんなことが——」

蓑吉は絶句して、

「少しも知りませんでした。同業者の甘言を信じての商いは危険です。知っていたら、我が身に代えてもお止めしたのに」

枯れ果てているはずの涙を流した。

撰味堂を出ると、

「どうにかならないのかしら?」

おき玖はたまらない気持ちを季蔵にぶつけた。

「騙された幾次さんはさぞかし口惜しかったはず。何とか、幾次さんの無念を晴らすことはできないのかと」

「わたしもそう思って、蓑吉さんに訊いたのですが、蓑吉さんは何も知らされていませんでした。おしまさんは後追いしてしまい、おわきさんや女将さんは、奥州屋が幾次さんと会っているところを見たわけではありません。ただ話に聞いたり、ではないかと思っただけです。しかも、聞いた話にしても、奥州屋という特定はないのです。これでは、奥州屋の企みを暴くどころか、幾次さんと奥州屋の関わりの証にさえなりません」

眉を寄せた季蔵は大きなため息をついた。

「船は本当に沈んだのかしら?」

「真偽のほどはわかりませんが、一関藩が口をつぐんでしまっている以上、確かめようがないのです」

「一関藩を詮議《せんぎ》して、お金を取り戻せたら、撰味堂は店を畳まなくて済むのに――」

「町奉行所がお武家を詮議することはできません」

「おしまさんが身投げではなく、殺されたのだとしたら――」

「わたしもそれを考えました。ですが、一度身投げと決まったものを覆すには、それなりの証が必要です。撰味堂の店終いに間に合うとは思えません」

「いっそ、奥州屋の彦兵衛を問い詰めたら、多少、良心に響いて、店を潰さずに済むよう、五百両を都合してくれるかも――」

「わたしもそうあってほしいとは思いますが、まず、無理でしょう。彦兵衛は撰味堂との関わりを、決して、認めようとしないはずです」

「それじゃあ、泣き寝入りってことじゃないの」

おき玖は血の滲むほど強く唇を噛んで、

「このことを、お師匠さんに何て伝えればいいか――」

途方に暮れた。

――こんな酷《ひど》い話、話せたものじゃない――

それから塩梅屋に帰り着くまで、季蔵は一言も口を開かなかったが、翌朝、香ばしい酢の匂《にお》いにつられて、いつもより早く、おき玖が階段を下りて行くと、火が熾《お》きている竈《へっつい》の前に季蔵が立っていた。

季蔵が微笑んだ。

「ちょうど出来上がったところでした」

「召し上がってみてください」

おき玖は深皿に盛りつけられた料理に目を瞠った。

「いい匂い、美味しそう」

「鰯のカピタン漬けです。とっつぁんの覚え書きにありました。前から一度、拵えてみようと思っていた鰯料理の一つでした」

鰯のカピタン漬けは、まず、漬け汁を作る。酢、水に味醂風味の煎り酒と少量の醬油、胡麻油《ごまあぶら》を鍋で煮立たせ、ここに小口切りにした唐辛子を入れ、小指半分ほどの大きさで、縦割りに切り揃えた葱、薄切りの椎茸《しいたけ》、戻して千切りにした木耳《きくらげ》を加え十数えて、火からおろす。

頭と臓物を除き、水洗いした鰯を笊《ざる》に上げ、よく水気を切ってから、小麦粉をまぶして、油でからりと揚げ、熱いうちに漬け汁に漬けてよく味を染み込ませる。これがカピタン漬けなのだが、カピタンとは船長の意味であり、〝これは南蛮料理を工夫したものなり〟と長次郎は書き記していた。

箸をつけたおき玖は、

「相手は鰯だっていうのに、朝から、たいした御馳走をいただいた気分だわ」

「お嬢さん、今日あたり、鰯屋のおうたさんのところへいらっしゃるんでしょう?」

季蔵がさりげなく訊いた。

「ええ、でも——」

まだ、おうたに話す覚悟が出来ていなかった。実を言うと、どうしようかと思い悩んで、昨夜はよく眠れなかったのである。

「おとっつぁんだったら、どうするかしら？　救いがどこにもないこんな時――」

思わず、長次郎の名を口にしたおき玖に、

「とっつぁんは本当のことを伝えるはずです」

季蔵は言い切って、

「ただし、相手の辛い胸中を想って拵えた料理を、一緒に届けるのではないかと思います」

深皿の鰯のカピタン漬けを見つめた。

「あたしにこれを届けるようにって言うの？」

おき玖は、はっとしたものの、

「でも、どうして、鰯屋に鰯料理なのかしら？　釈迦《しゃか》に説法だと思うけど」

季蔵の真意がはかりかねた。

「ところで、あそこの女将さんは、どうして、鰯の料理ばかり出す店を開いたのだと思います？」

優しい目で季蔵はおき玖に訊いた。

「安いからだけのことじゃあ、ないでしょうね。もしかして――」

季蔵は大きく頷いて、

「女将さんの料理の腕は確かです。だとしたら、三味線を教えていた頃も、美味しい手料理を作っていたはずですから――」

「鰯は幾次さんの好物」

やっとおき玖は言い当てた。

「そうなのね、それでお師匠さん、鰯ばかり出す店を始めたんだわ」

おき玖は目頭が熱くなった。

「だとしたら、鰯は幾次さんとの思い出、料理を届けても、悲しいだけではないかしら?」

「幾次さんとの思い出は鰯だけではありません」

「おきちちゃん」

「そうです。ですから、どうか、今、女将さんに、料理の力を信じてほしいと伝えてほしいのです」

「わかった、やってみる」

こうして、季蔵に後押しされて、おき玖はおうたを訪ねた。

戻ってきたおき玖は、

「幾次さんの亡くなった話をしたら、お師匠さん、綺麗な顔にすーっと涙を走らせて、〝やっぱり、そうだったのね〟って、商売敵に女絡みで嵌められたことに得心してたわ。

幾次さんは、おきちちゃんのおっかさんだった、お内儀さんに死なれてから、すぐに相手に飽きてしまう癖が抜けず、次から次へと遊び続けていたんですって。お大尽だし、男前だったから、女の方もほっとかなくて。それを遊びと割り切れないほど、お師匠さんは幾次さんを好きだったものだから、我慢できずに撰味堂を出たんだそうよ。〟おまえだけは違う。お内儀になってくれ〟と言われても、遊び続ける幾次さんについて行くことはできなかった。もちろん、小さかったおきちちゃんは何も知らずに――」

「おきちちゃんは、父親ともども、おうたさんに捨てられたと思い込んで恨み続け、それで、何も覚えていない、知らないと言ったのでしょう」

「ええ、それはもう、間違いないわ。そして、お師匠さんは、女にだらしがなかった幾次さんも、娘のおきちちゃんだけは、目の中に入れても痛くないほど可愛がっていたから、ずっといい父親だったのだろうって。だから、自分が父娘の前から姿を消した理由を、口が裂けても、おきちちゃんに言わないと決めているの。二度もおきちちゃんを傷つけたくないと言うのよ。店を出て、幼いおきちちゃんを傷つけてしまったことを悔いているのでしょうね。お師匠さんらしいわ。このままだと、お師匠さんは気持ちを伝えられず、二人は離れ離れになってしまう。お師匠さんは、我が娘同然に思っているおきちちゃんを引き取りたいのに。話を聞いてたあたしは、切なくて悲しくて、料理の力を信じるようにっていう、季蔵さんの言葉を伝えるのが精一杯だった――」

　おき玖は言葉を詰まらせた。

　この日を境に、おき玖はおうたたちの話をしなくなった。季蔵が鰯を捌いていても、声をかけることもせず、目を逸らすようにして、その場から立ち去ってしまう。

　おうたからの文が届いたのは、そんなある日のことであった。

文はおき玖と季蔵の両方に宛てたもので、以下のようにあった。

——鰯屋から鰯の子と、店の名を変えた旨をお知らせいたします。料理の力を信じるようにとの言葉は身に沁《し》み、生きる糧《かて》となりました。ありがとうございました——

そして、ほどなく、

「招かれてお師匠さんに会ってきたわ。おきちちゃんが承知してくれて、引き取ることができたのよ。お師匠さん、料理の力を信じて、おきちちゃんに鰯飯と千疋飯を届けたんですって。鰯飯は幾次さん、千疋飯はおきちちゃんの大好物だったのよ。それでおきちちゃん、お師匠さんの気持ちがわかって、幼子みたいに飛びついてきて、二人で抱き合って泣いたそうよ。お師匠さんが店の名を変えたのは、幾次さんに代わって、忘れ形見のおきちちゃんを見守り続けるためだと話してたわ。おきちちゃんとも会ったけど、可愛い娘で、お師匠さんとはずっと母娘だったみたい。二人とも、春の日だまりの中で肩を寄せ合って幸せそうだった。あたし、もう、うれしくてたまらなくて——」

おき玖はまた言葉に詰まり、

「さて、それではうちも、母娘の幸せにあやかるとしますか。塩梅屋の鰯尽くしは、鰯の子入りにしましょう」

季蔵は晴れやかに笑った。

第三話　あけぼの薬膳

一

江戸の早春は菜の花色の陽《ひ》が温かくうれしい。渡る風はまだひやりと冷たいものの、萌《も》え出《い》でる若菜の匂《にお》いを運んできた。

この日、季蔵《としぞう》は離れの仏壇の前で線香を上げて、手を合わせ、

――とっつぁん、父親殺しでお裁きを受けた粋香堂《すいこうどう》さんのお孫さんが、罪を償ってから十日が過ぎました。旅立った先で迷っているようなことがあったら、どうか、よろしくお願いします――

あの世も温かい陽の光で満ちていてほしいと切に思った。

――籐右衛門《とうえもん》さんはさぞかしお辛《つら》いだろう――

長次郎《ちょうじろう》が親しかった粋香堂の隠居籐右衛門を案じた。

離れの戸が開く音がした。

おき玖《く》である。

「小間物をもとめに伊勢町まで出たら、横丁に小さな香の店が目に入ったの。練り香ばかりの店でね、香むらっていうんだけど、目立つ器量の女の人が店番をしていたのよ。なんと、その女《ひと》粋香堂のお内儀、おむらさんだったのよ。売られている練り香は粋香堂さんで売られていたもので、上等な品よ。それを安く買えるのだから、そこそこ流行《はや》っていたわ。中には元花魁《おいらん》のお内儀さんの顔を見たくて、もとめに来る男の人もいるようだったけど」

「籐右衛門さんや赤子は？」

「奥から赤子をあやす子守の声は聞こえたけれど」

「粋香堂さんはとっくに店終《みせじま》いになっているはずです。籐右衛門さんは今、どうしておられるのか——。おそらく、お内儀さんたちと一緒にはおられないでしょう」

「藤太《とうた》さんが父親を殺《あや》めたのは、義理のおっかさんに横恋慕したせいですものね。ご隠居さんにすれば、お内儀さんと一つ屋根の下では、暮らしたくないという気持ちがあってもおかしくないわ」

「籐右衛門さんのことです。お内儀さんと赤子の暮らしがたつようにだけして、ご自分はどこぞへ隠れてしまったのでしょう」

籐右衛門の気持ちはわからないでもなかったが、

——しかし、もう、お年齢《とし》だ。心身の疲れも重なっている——

季蔵はさらに案じた。

「それでは、あたしはちょっと——」

いつになく、おき玖は納戸の引き戸を開けた。

「探しものですか？」

季蔵の言葉に頷《うなず》いたおき玖は、

「おとっつぁんの覚え書き」

「お嬢さんも関心を持たれたのですね」

「お師匠さんと継子《ままこ》のおきちちゃんの縁がつながるのを見てて、料理って凄《すご》いなって、あたし、心底、感心しちゃったのよ。あの世のおとっつぁんが、急に偉く思えてきてね。それで、あたしも一つ、おとっつぁんの教えを乞《こ》おうって思ったわけ」

「なるほど」

おき玖は和綴《わと》じの日記を手にして、

「春らしい料理がいいわね」

何枚かめくると、

「これにするわ」

季蔵にその頁を見せて、

「あけぼの薬膳《やくぜん》、なかなかいい響きでしょ」

あけぼの薬膳と書かれた箇所を指でさした。

「たしかに綺麗《きれい》な名の料理ですが――」

あけぼの薬膳と書かれてあるだけで、何の説明もなかった。

「どんなものか、まるで見当がつきません」

「でも、春の薬膳には違いないでしょ。あけぼのとあるんだもの。〃春はあけぼの――〃と清少納言って言ったっけ、その女《ひと》の書いた〃枕草子《まくらのそうし》〃にもあるし」

「ええ、まあ、それはそうなのですが」

――お嬢さんはどうやって、何かもわかっていない、あけぼの薬膳を作るつもりなのだろう――

「あたし、おとっつぁんの薬膳料理なら、幾つか、教わってるのよ。大丈夫、心配ご無用。季蔵さん、今日の仕込みは？」

「これからですよ」

「だったら、今夜はあたしが、おとっつぁんの春薬膳を拵《こしら》えてみるわ」

おき玖は離れを出て店の勝手口へと向かい、材料を買いに行かせようと、

「三吉《さんきち》、三吉」

大きな声で呼びかけた。

季蔵は、

――とっつぁんの春薬膳か、いったい、どんなものなのだろう――

興味を惹《ひ》かれておき玖の後を追った。

それから一刻（約二時間）ほど経《た》つと、三吉はおき玖に頼まれた品を、残らず揃《そろ》えて戻ってきた。

「卵に芹《せり》、車麩《くるまふ》、エンドウ豆、鶏のささみに砂肝、おぼろ昆布、長いも、ウコンの粉、赤唐辛子。お嬢さん、こんなんでいったい、何が出来るっていうんです?」

息を切らして帰ってきた三吉は、怪訝《けげん》な顔でおき玖に訴えた。

「胡散臭《うさんくさ》く思わないで。おとっつぁんはお客さんの一人だったお医者さんに、薬膳についで教えを乞うたのよ。だから、間違ってはいません」

「春薬膳というからには、春に限っての効能があるんでしょう?」

季蔵の問いに、

「もちろん」

よくぞ訊《き》いてくれたとばかりに、おき玖は鼻をつんと上に向けて、

「春になると眩暈《めまい》がしてふらついたり、目が疲れ、気が苛々《いらいら》して、体に力が入らないことがあるでしょ。これは、寒い冬から暖かくなるにつれて、締まっていた体が緩み、動き出すために起こることとなんだそうよ。お医者はこれを〃肝〃が過ぎるというんですって。肝の臓の働きも過ぎると、具合が悪いものなのね。これを鎮めることが必要で、そのために工夫したのが春薬膳というわけ」

「蘊蓄《うんちく》はわかったけど、ぴんとこねえよ」

三吉はウコンの粉の入った袋を睨《にら》んで、

「こんなもんで料理を拵えて、美味《うま》いのかなあ」

「それは食べてのお楽しみ」

赤い襷《たすき》を掛けたおき玖は、きびきびと働き、長次郎の春薬膳を作り上げていった。

おき玖はまず、時間のかかる〝エンドウ豆入りのウコンご飯〟に取りかかった。米を普通に水加減して、ウコン、塩、エンドウ豆を加えて炊きあげる。

次に鶏のささみは、おぼろ昆布に包み込まれて、油で揚げられ、塩がぱらぱらと振りかけられた。

「これが〝鶏ささみの春霞《はるがすみ》揚げ〟。昆布は春にありがちなむくみを取ってくれるのよ」

また、白い皮膜をそぎおとした鶏の砂肝は、薄くそぎ切りにした後、塩で締め、たっぷりの熱湯で茹《ゆ》でる。笊《ざる》に上げて、よく水気を取ったところで、鰹《かつお》風味の煎《い》り酒《ざけ》と酢、砂糖少々を振りかけ、小口切りにした赤唐辛子を加える。皮を剝《む》いて乱切りにした長いもと合わせて、〝鶏内金《けいないきん》〟が出来上がる。

「砂肝は薬で鶏内金とも言うので、おとっつぁんはこの名を付けたの。肝の臓が弱る時に、鶏の肝を摂《と》ると助けになるそうだから。お酢で緩んだ肝が引き締められて、苛々やのぼせも鎮まるのよ」

早速、箸《はし》を使った季蔵と三吉は、

「ささみも砂肝もいい肴《さかな》になりますよ」

「何だか、おいら、このところ、だるかったのが治って、元気が出てきたような気がする」

顔を見合わせて頷き合った。

最後は〝車麩と芹の卵とじ〟であった。まずは、芹を葉と根に切り分ける。次に車麩を水に十分浸す。梅風味の煎り酒で味付けした出汁《だし》に卵を割り入れて、よく掻《か》き混ぜ、この半量に、絞った車麩を入れて、たっぷりと卵汁を染み込ませる。

残った卵汁の半量を小鍋に入れて沸かし、芹の根部分を入れ、卵汁を吸わせた車麩を入れる。火が通ったら、車麩を浸して残った卵汁を流し入れ、半熟に仕上げる。芹の葉は火を止める直前に入れる。

「春の七草の一つである芹の香りは強く、気の流れをよくしてくれるのよ。これを食べればきっと、気分が明るくなるはず。お麩はさらっとしていてお腹《なか》にもたれないし――」

芹が香り立つ、柔らかな麩の食感を堪能した季蔵は、

「履物屋の隠居の喜平《きへい》さんは、固い物が苦手なようなので、間違いなく、喜んでくれますし、辰吉《たつきち》さんはこのところ、虫歯が痛むと言って憂鬱《ゆううつ》そうでしたから、これはきっと何よりです」

ため息をついた。

そうこうしているうちに、〝エンドウ豆入りのウコンご飯〟が出来上がった。

釜《かま》の蓋《ふた》を開けた三吉は、

「綺麗なもんですね」

ウコン飯の黄色とエンドウ豆の緑が、まるで菜の花畑のようであった。

「ウコンの匂いも飯や豆と混ざると、悪かねえんだとわかりました」

「ウコンは薬に使われるぐらいだから、さぞかし、いい効き目があるんでしょう?」

思わず、季蔵はおき玖に訊《たず》ねた。

「ウコンは春先に高ぶりやすい気を鎮めるだけではなく、肝の臓の助けになるのよ。エンドウ豆は胸のつかえをよくしてくれるはず」

二

この夜、しばらく顔が合わなかった喜平、辰吉、勝二《かつじ》の三人が、おき玖の作った薬膳を肴にした。

喜平と辰吉は酒が入ると大喧嘩《げんか》になるのが常だったが、このところ、辰吉は喜平を助平爺《じじい》と誹《そし》らなくなり、喜平も女についての自慢話をしなくなった。

「二人とも身体《からだ》の具合が気になる年齢なんでしょうね」

勝二がそっと季蔵に囁《ささや》いた。

「喜平さんは雑巾《ぞうきん》掛けをしている、若い女中の尻を追いかけなくなったみたいで、水に凝って、どこそこの清水でなきゃ、五臓六腑《ごぞうろっぷ》によくないなんて言うようになったし、辰吉さんも前ほど酒を飲まなくなった。それにあの二人は、揃って同じ口中医（歯医者）に通ってるんですよ。同病相憐れむって奴ですかね」

そんな事情もあって、自然と話は身体を健やかに保つ薬膳についてのものとなった。

「どれも身体に良さそうだが、わしは芹の卵とじが一番だった。卵の汁が麩によく絡んでいて、ふんわり柔らかい。極楽の蓮《はす》の花の上で昼寝しているような気分の味だな」

喜平が褒め称《たた》えると、

「俺もそう思う。麩が口の中で溶けるんで歯が痛まない」

すかさず辰吉が相づちを打った。

「そうは言っても、美味いのは鶏内金ですよ。しこしこしていて、嚙《か》むと濃い味が口の中いっぱいに広がる」

反旗を翻した勝二を辰吉は咎《とが》めようともせず、

「ありゃあ、痛む歯を抱えてちゃ、固いぜ」

眉《まゆ》をひそめただけで、

「ねえ、ご隠居」

その通りと喜平は頷き、

「ならば、わしら一致の一押しは鶏ささみの春霞揚げかな。あれなら、老いも若きも楽しめる」

穏やかに微笑《ほほえ》んだ。

春霞揚げでふと、思いついたおき玖は、

「喜平さん、おとっつぁんのあけぼの薬膳って、今、召し上がった春向きの薬膳と関《かか》わりがあるのかしら」

訊いてみた。

「あけぼの薬膳ねえ」

喜平は首をかしげた。

「そんなもん、長次郎の料理にあったかなあ」

「春ですよ、春の料理で――」

「長次郎はよく曙《あけぼの》の話をしていたよ」

「どんな話でした?」

季蔵は口を挟んだ。

「長次郎は夜明け時が好きだったんだ。乳色に変わった夜明け時の空が、時にうっすらと赤く染まるだろう。それが曙なんだが、その様子が何とも新鮮で、初々しいと言ってね。わしは生娘の羞《は》じらいのようだと思ったが、長次郎は芽吹き始めた新芽のようだと――」

喜平の目は長次郎をなつかしんで潤んだ。

「おとっつぁんのあけぼの薬膳が、春のものだってことは間違いないわね」

おき玖はひとまず、ほっと胸を撫《な》で下ろした。

「長次郎はこの時季の摘み草も好きだった」

摘み草は野がけとも言い、陽気がよくなってくる三月の終わり頃から、江戸市中の人々が春の野山に遊びに出かけ、蓬《よもぎ》や芹、土筆《つくし》、野蒜《のびる》、嫁菜などの若菜を摘む楽しみであった。

これらの若菜は、家に持ち帰られ、味噌《みそ》汁の具やお浸し、炒め物、天麩羅《てんぷら》などに料理される。

「おとっつぁんが摘み草を？　いつ、出かけてたのかしら？　覚えてないわ」

――たしかにそうだ――

季蔵も長次郎から摘み草の話など、一度も聞いたことがなかった。

「そりゃあ、そうだろうよ」

喜平は手にしていた盃《さかずき》をゆっくりと口に運んだ。

「長次郎の摘み草は遠出じゃないんだから」

「それ、いったいどういうこと？」

おき玖は目を白黒させた。

「新石町《しんこく》にある薬種問屋の良効堂《りょうこうどう》へ出向いていたら、誰も摘み草に出かけているとは思わないはずだ」

良効堂は江戸でその名を知らぬ人のいない、老舗《しにせ》の薬種問屋であった。

「あそこはたしか、つい最近、先代が亡くなって、総領が跡を継いだばかりでしたね」

良効堂ほどの大店《おおだな》ともなると、季蔵の耳にも噂《うわさ》は聞こえてきていた。

「良効堂さんには、薬草を植えている広い庭があると聞いています」

「初代の良効堂の主《あるじ》は、その庭でこつこつと育てた薬草を売って基盤を築いたのだそうだ。大店になった今では、昔のように、自分のところのものだけで賄いきれるものではないが、それでも、初代の気概を忘れてはならないと、店で売っているほとんどの薬草を育てている」

「わかったわ。その中に蓬や芹、土筆なぞもあるのね」

おき玖は両手を打ち合わせた。

「春の若菜には、毒を消して気分を鎮める働きがあるもの。これらも薬の一種。良効堂さんの庭では、摘み草ができる場所があるんだわ」

「その通りさ」

喜平は深々と頷いた。

「そして、長次郎と良効堂との縁は、頼まれて、若菜の出張料理に出向いたのが始まりだ。向こうではそれなりの金を払おうとしたが、長次郎は断った。その代わり、好きなだけ摘み草をさせてほしいと頼み、良効堂もいいだろうということになって、毎年、この時季、長次郎は摘み草を楽しみに良効堂へと通っていた」

「良効堂さんのところでの出張料理って、どういうものだったのかしら？」

——あけぼの薬膳はそれかもしれない——

おき玖は期待をかけた。

「惜しいことに、聞きそびれてしまった」

喜平は頭を掻いて、

「あんなに早く、長次郎が逝ってしまうとは思ってもみなかったから」

「とっつぁんは摘みたいだけ、若菜を摘んで、どうしていたのでしょうか」

季蔵は訊かずにはいられなかった。季蔵たちは長次郎が摘み草をしていたことさえ知らず、若菜を持ち帰ってきたこともなかったからである。

「あれなら、毎年、ここだよ」

喜平はふわふわとうれしそうに笑って、丸く突き出た腹の上に手を置いた。

「長次郎は摘んだ若菜を残らず、佃煮《つくだに》や和《あ》え物に仕上げて、摘み草に行かない知り合いに配っていた。摘み草というのは、女子どものやることだと思ってる男どもは、なかなか腰が上がらない。年寄りすぎると春の野山へ出かける気が起きない。そんな連中には、出かけずして、春の匂いを嗅《か》げて、たいそう、有り難い配り物だった。わしはぺんぺん草と言われている、薺《なずな》の花の辛子和えが好きでな。細かい粟粒《あわつぶ》のような花の芽を、塩茹でして、水によく晒《さら》して辛子で和えるだけのものなんだが、茎の緑と真っ白い粒々の花が何とも清々しく、今年も春を無事迎えられたと元気づけられた」

――そうだったのか――

つくづく長次郎の料理は奥が深いと季蔵は感じ入った。

――とっつぁんの摘み草料理をもっと知りたい――

「薺の辛子和えのほかには？」

もっと、喜平に思い出してもらいたかった。

「土筆もいい。はかまを取って茹でて晒し、甘酢に漬けると綺麗な桃色になる。それから、アザミの芯《しん》も美味《うま》い。茹《とう》でて棘《とげ》を落として煮浸しにする。アザミならではの灰汁《あく》が春の味だ。あと、絶品は蕗《ふき》の薹の佃煮。噛みしめると、香りと苦味がすっきりと口の中を拭《ぬぐ》い去ってくれる。若返った気分にもなる。だが、こいつは我儘《わがまま》ものでね。長次郎が言うには、茹でる時、上手く転がして、まんべんなく湯が掛かっていないと、黒ずんじまって、綺麗な緑の仕上がりにならないんだそうだ。そんなわけだから、これは人気があって、高嶺《たかね》の花。みんなこぞって、食べたがったから、毎年、ほんの一口ほどしか口に入らなかった。

そうそう、いつぞやの長次郎の話を思い出した。父親殺しで跡継ぎが打ち首になった粋香堂の隠居、籐右衛門さんはこいつに目がなくてね。自分の家の庭で蕗の薹を育て、好き放題食べるんだと豪語してた。それほど好きだったのさ。染井から職人まで呼んで、植えさせたんだが、野草とは不思議なもので、一本たりとも根付かず、たいそう、口惜《くや》しがっていたそうだ」

──とっつぁんは、籐右衛門さんにも届けていたのか──

奇しくも籐右衛門の名を耳にした季蔵は、

──それほど好きだったのなら、今こそ、思う存分食べてもらいたい──

籐右衛門のために蕗の薹の佃煮を作りたいと思った。

喜平たちが帰った後、

「あけぼの薬膳って、口の中にふっと漂って消える春の香り、摘み草料理のことだったのね。たしかに、早朝の一時だけ、空が薄紅に染まる曙に似ているかもしれないわ」

おき玖が呟《つぶや》いた。

三

翌朝、おき玖が階段を下りていくと、厨《くりや》にはすでに季蔵が居た。

「あら、また、夜なべ？」

訊かれた季蔵は、

「とっつぁんのやり残した料理について考えていました。そうしたら、また、あの煎り酒に行き着いたのです」

季蔵は小鍋《こなべ》に、昆布、梅、鰹、味醂《みりん》の各々の風味の煎り酒を仕上げていた。

「とっつぁんの梅風味はぴしゃりと決まるのですが、それ以外のものは、作るたびに風味が違って、まだまだなのです」

「もしかして、おとっつぁんのやり残した料理に、あけぼの薬膳も入るって思ってるんじゃない？」

――季蔵さん、いつのまにか、あけぼの薬膳に嵌《はま》ってしまったんだわ――

おき玖は季蔵の料理への情熱に気押《けお》された。

――もとはあたしが言いだしたことなんだから、あたしも頑張らなくては恥ずかしい――

「その通りです。とっつぁんは青物の煮物や酢の物などは、醤油を使わずに梅風味の煎り酒と決めてたでしょう？」

「小松菜のお浸しなんぞには、おとっつぁんの煎り酒が格別よ」

「青物も香りがそれほどでもないものには、梅風味で決まりです。けれど、強い香りの春の野草となると、鰹や味醂の風味の方がいいのではないかと思ったりして、考え始めると眠れなくなったので、引き返してきて、とりあえずは、種類の違う煎り酒を作っていたのです」

「へえ、でも、昆布風味まで？」

香りの強い野草に、繊細な昆布の風味は、消されてしまうのではないかとおき玖は危惧《きぐ》した。

「お嬢さん、摘み草に行かれたことは？」

季蔵は春の野のような微笑みを浮かべた。

「いつか行こうと思ってるんだけど」

おき玖は野山には付きものの虫が苦手であった。

「わたしはよく行きました」

「一人で？」

訊いたおき玖は、季蔵が目を伏せたので、すぐに気がついて、

——あの瑠璃《るり》さんとだわ。瑠璃さんはまだ、若くて可愛《かわい》らしくて、何より、今と違って正気で——。あたし、悪いことを訊いてしまった——

許婚《いいなずけ》だった瑠璃と季蔵は幼馴染《おさななじ》みであった。

「生家はそう豊かではなかったので、菜の足しにして、台所を預かる母を喜ばせたくて、この時季には張り切って出かけたものです」

「そう。それなら、昨夜の喜平さんがしてくれた摘み草料理の話、さぞや、なるほどと思ったでしょうね」

「いいえ。生家では、どんな野草も精進揚げにしていましたから。その方が腹にたまるので」

季蔵は苦笑した。

「お浸しや佃煮は作らなかったというわけね」

「天麩羅なら苦味がそう気になりませんが、茹で物、煮物となると、苦味を生かした味付けが必要です」

「そこで、いろんな種類の煎り酒というわけね。それでも、やっぱり、昆布風味は――」

なおも躊躇《ちゅうちょ》するおき玖に、

「蕗は蕗の薹やアザミほど強い香りはしません。茹で上げて水に晒すとすっきりした優しい匂いになるので、これには昆布風味の煎り酒が合いそうです」

「それじゃあ、アザミは？」

「苦味を旨味に変えてくれる、鰹風味の煎り酒がいいのではないかと。甘酢漬けが美味しい土筆は、梅風味の煎り酒に少々の砂糖を加えて和えてみたいと思いますし、蕗の薹は佃煮ですから、味醂風味のものでこくのある苦味を引き出したいですね」

――季蔵さんたら、喜平さんが思い出した野草料理を、夜通し、頭の中で、考えていたんだわ。あたしはとても敵《かな》わない――

兜《かぶと》を脱いだおき玖は、

「摘み草料理を作るには、野草がいるわね。季蔵さん、昔のように、摘み草へ出かけるつもり？」

「それも考えたのですが、どうしても、蕗の薹を見つけたいとなると、どれだけ時間がかかるかわからないので、新石町の良効堂へ出向いてみようと思います」

「今時分の蕗の薹なら、探せば売り物もあるでしょうに」

「まあ、そうなのですが。それでは、こちらの気持ちが――」

「粋香堂の籐右衛門さんのためね」

「とっつぁんだったら、間違いなく、そうなさっていたと思います」

季蔵は言い切った。

この後、おき玖が、

「さて、朝餉《あさげ》にしましょう」

飯炊きを始めようとすると、

「大変だぁ」

悲鳴に近い声に、勝手口を開けると、真っ青な顔の豪助《ごうすけ》が天秤《てんびん》棒を担いで立っていた。

「どうした？」

船頭の他に浅蜊《あさり》や蛤《はまぐり》売りも兼ねる豪助が、ここに商いに訪れるのは毎朝のことだったが、その際には、いつものどかに、

「あさり――しーじーみーよぉーいっ」

と繰り返した後、

「あっさり死んじめえ、あっさり死んじめえ」

物騒なふざけ方をするのが常だったからである。

「昨日の晩、新石町の良効堂が焼けちまった」

「昨夜の半鐘は良効堂の火事だったのか」

その時、煎り酒を作っていた季蔵は、半鐘の音に反射的に通りに出た。風向きを確かめるためだった。早春の頃は、乾燥している上、風が強くて火事が起きやすいのである。

「俺も夢うつつに半鐘を聞いたような気がするけど、まさか、良効堂だとは――」

豪助の目が濡《ぬ》れている。

「今朝、良効堂に浅蜊を売りに行ってわかった。良効堂はいいお得意なんだよ。風向きのせいだろう。家は厨以外、そう焼けちゃいなかったが、庭は丸焼けで生えてた草は一本たりとも残っちゃいねえ。旦那《だんな》の佐右衛門《さえもん》さんが、何とも、悲しそうにその様子をながめてて、〝これが良効堂の終わりか〟って洩《も》らした。佐右衛門さんは俺の浅蜊で作る味噌汁を、毎朝、欠かしたことがねえんだよ。佐右衛門さん、気取らない人で、俺なんかとも親しく話してくれた。俺、佐右衛門さんの力になりたい」

江戸市中の火事は、たとえ、どのような事情によるものでも、重罪として厳罰が下された。

「佐右衛門旦那はどうなるんだろう」

落ち込んでいる豪助を、

「しっかりして。豪助さんは良効堂のご主人を助けたいんでしょ」

おき玖は叱《しか》りつけるように言って、

「まずは、食べ物だわ。厨が焼けたのなら、皆さん、煮炊きができなくて困っているはず。火事があろうとなかろうと、お腹《なか》は空《す》くものだもの」

炊き出しをかって出ることに決めて米を洗い始めた。

「こういう時は握り飯が一番。いくらあっても足りないものよ」

「これも使ってくれ」

豪助は天秤棒を下ろして、浅蜊を残らず、目ざるに移した。

「根三つ葉が残っていることだし、浅蜊は腹持ちがよくて、冷めても美味いかき揚げにするぞ」

「俺も手伝う。今日は船頭は休みにする」

こうして、良効堂への火事見舞いは出来上がって、季蔵は豪助と共に良効堂へと向かった。途中、季蔵が亡き長次郎と良効堂との縁を話すと、

「そんな経緯《いきさつ》もあったんだな」

豪助はしんみりした。

良効堂の焼け焦げた勝手口で、火事見舞いの旨を告げると、

「これはわざわざ――」

大番頭と一緒に、主の佐右衛門と妹のお琴《こと》が礼を言いに出てきた。小柄な佐右衛門は二十四、五歳の華奢《きゃしゃ》な若者で、十六、七歳の初々しいお琴は、抜けるように色が白く、楚々《そそ》とした美形であった。

「有り難い」

大番頭が握り飯とかき揚げの入った重箱を受け取ると、佐右衛門は頭を下げた。

妹のお琴は、

「豪助さん、何とお礼を言ったらいいのか――」

目を潤ませてじっと豪助を見つめた。

茶屋娘など、無垢《むく》な美少女が好みの豪助は、照れ隠しに、

「俺に礼を言うのはお門違いですぜ。俺は手伝っただけなんだから」
一、二歩退《ひ》いて、季蔵の方を見た。
そこで季蔵は、

「塩梅屋《あんばいや》季蔵と申します。お忘れかもしれませんが、こちらには、先代の長次郎がお世話になっておりました」

四

「あの長次郎さんの跡を継いだ方でしたか」

佐右衛門はほうと息をついた。

「長次郎さんの蕗の薹の佃煮は絶品でした。苦味とも甘味ともつかない清々しさで、何とも塩梅のいい味付けなのです。わたしはそれが大好きでしたが、いくら頼んでも、長次郎さんは一口以上食べさせてくれなかったので、わたしは、〃けちんぼ〃などと言って、癇《かん》癪《しゃく》を起こしたことさえありました。その時、長次郎さんに、〃若旦那、摘み草の味が本当にわかるのはもっとお年齢を召してからですよ、有り難いほどよくわかるようになるんです。ですから、その味は、一人でも多くの年寄りたちに分けてやらなきゃいけないんです。その聞き分けができてこそ、良効堂の総領というものです。何と言っても、薬が入り用なのは若い者たちよりも年寄りなんですから〃と諭されました。今でも、長次郎さんの戒めが胸に染みています。しかし、その長次郎さんが摘み草に訪れてきてくれていた、せっかくの庭も、昨夜、あんなことになってしまって――」

言葉を詰まらせた佐右衛門に、

――豪助の言う通り、よい人だ――

季蔵は火事の原因が気になった。

「御先祖様の庭が焼けてしまったのは、残念でしたけれど、火が隣りへ移らなかったのが何よりでした」

　お琴は強い目色で言い切った。

「うちだけですまず、隣近所まで飛び火していたとしたら、もっと重い罰を受けるはずですもの」

　放火は馬で市中引き回しの上、火あぶりと決まっていたが、たとえ失火でも、隣近所まで焼けば江戸追放となった。

「悪くても、一月《ひとつき》ほどの手鎖でしょうから、これで済んでほんとうによかった」

　手鎖というのは、前に組んだ両手に鉄製や瓢箪《ひょうたん》型の手錠をかけ、一定期間自宅で謹慎させる罰であった。五日目ごとに訪れる同心が錠改めを行うのである。

「庭を見せていただいてよろしいでしょうか」

　主の許しを得て、季蔵と豪助は薬草や野草の植えられていた庭へと足を向けた。野焼きでもしたかのように焼け焦げている。焦げた草の落ちている土まで黒かった。季蔵は二百坪はあるかと思われる、広大な焼け跡を歩きながら、

「佐右衛門さんの人柄に風の神様が味方したのだろう」

　と呟き、

　――お琴さんという娘さんはしっかりしている――

　と感心した。

　煤《すす》にまみれているものの、厨の半分が焼けているだけの家屋を見つめた。良効堂の店の

両隣には糸物屋と道具屋が並んでいて、間は一間ほどである。そして、それらの店は一尺と離れずに他店と隣り合っている。

「風向きが逆だったと思うとぞっとするぜ」

隣近所を巻き込めば、江戸追放であるが、財産は全《すべ》て没収されるので、これはお上《かみ》による強制的な店終いと同じであった。

「厨で女中が居眠りでもしていて、竃《へっつい》の始末を怠ったんだろうか」

豪助は失火と思い込んでいた。

「さあ、それはどうだろう」

季蔵は庭の奥へと進んだ。大きな銀杏《いちょう》の木が一本焼け残っていた。銀杏は薬木でその葉は脳卒中、実には鎮咳《ちんがい》作用、滋養強壮の薬効がある。良効堂の銀杏の木肌は、半ば焼け、濡れたように黒く光っていた。

「これは何だろうか」

季蔵は銀杏の木肌に人差し指を滑らせた。

「油だな」

驚いた豪助も季蔵に倣って、

「本当だ」

二人は顔を見合わせた。

「ということは――」

豪助は季蔵が顔を向けている方を見た。良効堂の庭は大銀杏のあるところまでで、その場所からは幾棟もの長屋が見渡せる。

「これは付け火だ。厨に火をつけた下手人は店が燃え尽きて、隣近所を巻き込むことを企んだのだろう。ところが、風向きが違って、一挙に火は庭へと燃え広がって行った。それであわてたそいつは、この銀杏に油をかけて焼き、店の裏手にある長屋を災難に巻き込もうとしたのだ」

季蔵の言葉に、

「そいつは何としてでも、良効堂に重い罪を着せようっていう魂胆だったんだ」

豪助は憤り、

「卑怯《ひきょう》者、許せねえ」

ぎりぎりと歯《は》噛《が》みして、

「けど、なんでそんなことをするんだい？　あんないい旦那に、恨みなんか持つ奴がいるわけないぜ」

「恨みはなくても、これだけの大店となると、商売敵はいるはずだ」

「その商売敵をつかまえねえと」

「商売敵というのは例えばの話だ」

「俺はみつけるぜ。ここの大番頭に掛け合って、商売敵を訊きだして、軒並み当たって、草の根分けても探し出してやる――」

豪助が大声を上げて、大見得を切った時、

「話は聞かせてもらった」

後ろで男の声がした。

「誰だ」

豪助が振り返った。

「お侍さんか」

「堀田《ほった》成之助《しげのすけ》と申す」

――まさか――

季蔵は耳を疑った。堀田成之助は季蔵の血を分けた、ただ一人の弟であった。その時は季蔵も堀田季之助《としのすけ》を名乗っていたが――。

――同じ姓、同じ名ということもある――

心を鎮めて季蔵はゆっくりと振り返った。

「塩梅屋季蔵でございます」

侍と元侍、二人共、息を呑《の》んだ。

「兄上」

成之助の顔が強《こわ》ばった。

――そういうことなのか――

出奔《しゅっぽん》した際の侍姿の季蔵を、舟に乗せたことのある豪助は察して、

「ちょいと俺は旦那さんに、明日の朝、浅蜊をいつものように届けていいかどうか、聞いてくるよ」

二人のそばから離れた。

豪助がいなくなると、

「奇遇だな」

季蔵はぽつりと呟いた。

「幽霊でも見るような目だ」

長い沈黙が二人を支配した。

「あれからいろいろなことがありました」

あれからというのは、季蔵が出奔してからのことである。季蔵が主家を離れたのは、主家の嫡男鷲尾《ちゃくなんわしお》影守《かげもり》の奸計《かんけい》に落ちたからであった。季蔵の許婚瑠璃に横恋慕した影守が、季蔵を陥れ切腹させようと謀《たばか》ったのである。この時、季蔵の責めを代わって、家老だった瑠璃の父酒井《さかい》三郎右衛門《さぶろうえもん》が腹を切った。

「酒井家は瑠璃殿の兄重蔵《じゅうぞう》殿が家督を継いでおいでです。瑠璃殿は影親《かげちか》様、影守様と共に雪見舟に乗られて、お三方とも食中《あた》りで亡くなられました」

成之助は影親、影守の死の真相を知らなかった。

――影親様、影守父子だけではなく、瑠璃までも死んだことになっているのか――

季蔵はほっと胸を撫で下ろした。

――よかった。もう、瑠璃に危害が及ぶことはない――

以前、何か秘密を隠しているのではないかと疑われ、瑠璃が身を寄せている南茅場町《みなみかやばちょう》の

お涼《りょう》のところに、刺客が送られてきたことがあった。

「堀田家は辛酸を舐《な》めました」

成之助はちらっと、恨みの籠《こ》もったまなざしを季蔵に投げた。

「格下げか」

不始末のあった武家で、取り潰《つぶ》すほどでない場合、扶持《ふち》や待遇が格下げされる。

「兄上や御家老に非がないことは、誰もが知っていましたが、なさったのが御嫡男となると、いかなる残虐非道をも責め立てることはできません。酒井家は御家老の死と瑠璃殿が側室となることをもって、お咎めなしとなりましたが、堀田家には兄上の出奔という不名誉だけが残りました。ご幼少の砌《みぎり》、影守様のご養育係を父上がされていたことから、何とか、放逐は免れましたが、江戸の鷲尾家の屋敷内におれなくなったのです。鷲尾家の知行地上総《かずさ》で見回りのお役目を五年。父上、母上を同道し、上総で見回りの修業をしました。浪人に身を落とさずにすんだことを、よかった、ありがたいと思うしかなかったのです」

「慣れぬところで、さぞかし母上はご苦労をされたことであろう」

――母上は江戸を離れたことがないというのに――

摘み草に出かけて欲しい時とか、季蔵に何か頼みがある時の、母の困ったような表情が思い出された。

「そうそう、実はね——」

それは明るい笑みに取り繕われているものの、皺《しわ》の目立つ顔だった。

「母上は庭の畑で青物を育て、鶏を飼うなどして乏しくなった家計に役立てていました。愚痴は一言たりとも口にせず、それがかえって、それがしには辛く感じられました。父上は何かというと、〃おまえに悪い、すまない〃とわたしに詫《わ》びるのです。これもたまらない気がしました。それがしたち親子の間で、兄上の話が出たことは一度もありませんでした」

五

成之助の感情を抑えた語り口に、季蔵は弟の万感の想《おも》いを感じた。

——暮らしぶりはたいした変わりようだったのだろう。それゆえ、出て行った者について、なつかしい、どうしているだろうかなどという、肉親の情を感じる余裕さえなかったのだ——

残してきた身内を思い出すことなど、ほとんどなかったのは季蔵も同じであった。

——家を出たものの、すぐに食い詰めて、刀を売り、袴《はかま》まで古着屋で幾ばくかの金に換えるような暮らしとなり、日がな、ひもじく、歩いていて目につくのは煮売りなどの屋台ばかりだった——

そんな時、ほかほかと湯気のたっている饅頭《まんじゅう》屋の前に立ち、たまらずに売り物の饅頭を手に逃げようとしていた。〝食い逃げだ！　つかまえてくれ!!〟と饅頭屋が叫んだ時、通りかかった長次郎が〝俺が金を払う。食いたいだけ、食わしてやってくれ〟と言って庇《かば》ってくれたのであった。

――わたしも両親も、弟もぎりぎりのところにいた――

「とはいえ、今は江戸詰なのだろう？」

成之助の袴は新しく、継ぎは当たっていなかった。

――江戸詰は田舎侍とは違う、何より身なりが大事だというのが母上の口癖だった――

「影親様、影守様が亡くなられたので、最近、やっと江戸に戻ることができました。けれども、一度付いた汚名はなかなか返上できません」

成之助は冷ややかに季蔵を見た。

「しかし、あの件ばかりは誰でも、影守様に非があるとわかっているはず――」

言いかけた季蔵だったが、

――そうではないな。それはこちらの言い分にすぎない。成之助も含めて、鷲尾家家中では、影親様と影守の本当の死因は伏せられているのだろう。親子喧嘩による殺傷沙汰だという噂はあっても、そんなことが公になれば、取り潰しは必定。家臣たちを路頭に迷わせないためにも、現当主の影光様は、ひたすら真実を隠し続けることだろう。わたしの出奔にしても、表向きは病死になっているものの、ただただ、不忠義ゆえと見なされ、身内は白い目で見られているということなのだな――

久々に閉塞《へいそく》した武家社会を目《ま》の当たりにした。

「見慣れぬ姿だが、兄上はお元気そうだ」

成之助は季蔵の粋《いき》な町人髷《まげ》をちらりと目の端に刻んだ。その表情は再会を喜んでいるというよりも、当惑しきっているように見える。

「迷惑をかけた」

季蔵は頭を垂れた。

「何も兄上のせいではありません」

成之助はため息をついた。

「ただ、正直、会えてうれしいとは思えなかっただけです。もう、堀田家にかかってくる波風は沢山です。せっかく江戸へ戻れたのですから。あのまま、上総で骨になることを覚悟していた父上、母上は、お許しが出て帰れるとわかった時、涙を流して喜んでいました。この先の孝行は堀田家を栄えさせることなのですが――」

急に浮き浮きとした様子になった成之助に、

――好いた娘でもいるのだろうか――

季蔵は弟の恋心を察知した。

すると、そこへ、

「成之助様」

お琴の姿が見えた。

「ここにおいででしたか」

「先ほど、結構な火事見舞いをいただきました。有り難うございました」

「こちらの災難を聞いた母が、どうしてもと申しますものですから、届けさせていただいたのです。草餅《くさもち》などお好きかどうか――」

成之助の顔は真っ赤である。

――なるほど――

季蔵は合点した。

「お二人はお知り合いですの?」

お琴に訊かれ、

「それは――」

成之助を制して、

「塩梅屋においでいただくお客様のお一人です」

季蔵はさらりと躱《かわ》した。

――子どもの時から、弟とわたしはあまり似ていなかった。黙っていれば気づかれることもないだろう――

季蔵は昔から細面で長身瘦軀《そうく》だが、鰓《えら》の張った成之助は中肉中背のがっしりした身体つきであった。

「まあ、それで」

　お琴はにっこりして、

「兄が皆様にお茶をと。いただきもので申しわけないのですが、草餅を召し上がっていただきたいと申しております」

「それはありがとうございます」

　季蔵は大きく腰を屈《かが》めて町人風の辞儀をした。

　良効堂の客間はまだ煙の匂いが立ちこめていた。豪助が佐右衛門と向かい合って将棋を指している。

「王手だ」

　佐右衛門が明るい声で勢いよく、将棋の駒《こま》を打ち鳴らすと、

「やられたあ」

　豪助は片手で自分の額をぴしゃりと叩《たた》いた。

「こと将棋についちゃ、佐右衛門さんにはかなわねえんだよ」

　豪助は季蔵に片目をつぶって見せた。

　――親しい口をきいてもらってたっていうのはこういうことだったのか――

　――そうさ。ほら、ちょっとは元気になったろ――

　――よかったな――

　二人は目と目で話をして、この後、将棋盤が片付けられると、

「それじゃ、俺はこのへんで――。いつまでも仕事をさぼっちゃいられねえんで」

豪助は季蔵と成之助を交互に見て立ち去った。

茶とお重に詰められた、草餅が運ばれてきた。蓬がふんだんに練り込まれた草餅は母世《よ》志江《しえ》の味がした。

──なつかしい──

家を出てきてから、初めて、季蔵は母をなつかしく感じた。

──家の裏庭の蓬は今年も達者に育って、強い香りを放っているのだろう──

「草餅がこうして食べられるとは幸せです。庭がすっかり焼けたので、蓬も駄目になってしまい、今年は無理だろうと諦《あきら》めていたところでした」

佐右衛門は成之助相手に居住まいを正すと、

「ありがとうございました。お母上様によろしくお伝えください」

深々と頭を下げた。

成之助は恐縮しきっている。

「それで──」

お琴が遠慮がちに口を開いた。

「良効堂にこのような難が降り掛かってきてしまった以上、あのことを少し、お待ちいただけないものかと──」

成之助に乞うような眼差《まなざ》しを向けた妹に、

「何を言いだすのだ。それでは堀田様に申しわけが立たないではないか」

佐右衛門はあわてた。

「祝言を日延べにする必要など、どこにあるというのだ?」

「理由ならございます」

お琴は気丈に瞳《ひとみ》を瞠った。

「良効堂の庭は先祖から受け継いできた宝です。これが焼けてしまったまま、わたしはここを出て行くことなぞできしません。庭が元通りになるまで、嫁ぐことはしまいと、固く心に誓ったのです」

「たしかに大切な庭や薬草、野草を失ってしまったが、幸い、これからは草木のよく育つ時季だ。案じなくとも、だんだんに庭は元通りになっていくだろう」

佐右衛門は諭すように言った。

「嫁ぐのを延ばすのは、庭だけのことではありません。兄さんの身の上や店の行く末が案じられて――。失火となって手鎖の刑と決まれば、この良効堂もしばらく店を閉めることになります。火事は良効堂始まって以来の不祥事。とかく、陰口を叩かれて、その間にお客様たちの足も遠のいてしまいかねません。何とかしないと」

――たしかにその通りだ――

季蔵は良効堂の運命を堀田家の来し方に重ねた。

――世間の風は温かくも厳しい――

「おまえ一人で何をするというのか」

困惑した佐右衛門はしきりに成之助に目で詫びている。

「昨夜、厨で仕事をしていた者たちに訊ねました。皆、きちんと火の始末をして休んだと申しています。なのにどうして、厨の床が油まみれだったのか、わからないのです。これは誓って、失火なぞではありません。厨に油をこぼして火を付け、良効堂を失火の罪に陥れようとした憎き相手を、是が非でも見つけ出したいのです。その者さえ見つかれば、兄さんは何の罪にも問われず、店は今まで通りです」

「しかし、どうやって、どこの誰ともわからない者を見つけるのですか?」

成之助はおずおずと訊いた。先ほど季蔵に、もう波風は沢山だと洩らした時と同じ、怯えきった表情であった。

六

「まずはお役人に厨の油のことを話します」

「じきに定町廻《じょうまちまわ》りの旦那方がここへおいでになって、お調べになるだろうが、あちらが撒《ま》かれた油の跡を見つけて、付け火と決められるのならともかく、こちらから差し出がましく騒ぐことはできないよ。お叱りを受けてはやぶ蛇だ」

佐右衛門は眉を寄せて妹を諭した。

——油は銀杏の幹にも染みていたが——

「わたしから、それとなく申し上げてみましょうか」

思いがけない季蔵の言葉に、隣りの成之助が息を呑んだ。

「実は北の定町廻りに知り合いがいるのです。お店によくおいでの方で――。同心の旦那方はとかく、ご機嫌次第でしょうから、上手く運べば、力強い味方になってくれるかもしれません」

「本当ですか」

お琴は明るい声を上げたが、

「お心のこもった火事見舞いをいただいた上、そのようなことまでお頼みしてよいものでしょうか」

佐右衛門は戸惑った。

「いいのです。きっとお世話になった先代も、この店の繁盛が続くことを草葉の陰で願っているでしょうから。それでは早速――」

季蔵は立ちあがった。

「油が撒かれていたという厨を見せてください。何か、証が残っていれば、それを旦那方にお見せすることができます」

「わかりました」

頷いたお琴は障子を開け、その後を季蔵と成之助が追った。

「それがしも手伝おう。いずれ親戚《しんせき》になるこの店の災難を、看過することはできぬ。もとより、たしかに、今は良効堂の行く末が何より。お琴殿が安心して、当家に嫁いできてくれるためにも、及ばずながら、それがしも付け火の下手人探しをいたします」

言い切った成之助に、お琴が微笑《ほほえ》んだ。

――無理をして――

季蔵は震えている成之助の肩口を見た。

――許嫁にいいところを見せたいのだろう――

「煤だらけのせいか、何か見つかるとは思えませんが」

成之助は季蔵について厨へと向かった。

途中、廊下を歩いていた季蔵の足許《あしもと》で何かが跳ねた。成之助が素早く身体を前にのめらせた。

「これは――」

成之助は褐色がかった蛙《かえる》を一匹手にしていた。

――成之助は子どもの時から、ずば抜けて敏捷《びんしょう》だったが――

季蔵はまだ幼子だった成之助が、ぱっと身を翻して、草の上を動いたシマヘビを摑《つか》んだことを思い出していた。

――蛇を放させ、これには毒がないからと何度も言いきかせたが、大泣きしてなかなか泣き止《や》まず、終いには、何で幼い弟を庭になど連れ出したのかと、父上に大目玉を食ってしまった――

それももう、なつかしくはあるものの遠い思い出である。

「あら、赤蛙《あかがえる》だわ」

振り向いたお琴は、珍しくもないという顔をした。

「赤蛙は売り物です。子どもの疳《かん》の虫に効く薬で人気があります。日を決めて、赤蛙売りの九平《くへい》さんが来て納めていくのですが、赤蛙の効き目は、生きたまま皮を剝《は》ぎ取ったものを、醬油で焼いて食べるのが一番と言われているので、納めの日に限って、九平さんにこの厨に詰めていてもらうのです。お客様の注文に応じて、九平さんが赤蛙を料理するのです。でも、どうして今時分、こんなところで、跳ねているのかしら？　九平さんは赤蛙が逃げ出さないように、それはそれはいつも気を使っておいでなのに——」

季蔵は真っ黒な底なし穴のように見える厨に立った。煤けた厨の土間には油が染みている。季蔵は腰を屈め、焼け焦げた木箱の残骸《ざんがい》を手にした。

「前に九平さんが来たのはいつです？」

「十日ほど前でした」

「その時、赤蛙の入った木箱を厨に忘れていったというようなことは？」

「聞いていません。第一、大事な売り物を忘れたら、すぐに取りに戻るはずでしょうし」

——ということは、この赤蛙は昨夜、九平と一緒にここへ来て、うっかり、忘れていった木箱から逃げ出したものに違いない。付け火は、長く良効堂に出入りして、勝手知ったる赤蛙売りの仕業だ——

季蔵は確信したが、成之助には何も告げなかった。

「店へ戻るのでしたら、それがしもご一緒いたそう」

成之助は季蔵と共に良効堂を出た。

「あれでよかったのだろう？」

季蔵は佐右衛門とお琴の前で兄だと名乗らなかった。

「兄上、堀田季之助は死んだと話してあります」

「お琴殿は美しいだけではなく、しっかりした娘御だ。おまえもよい嫁を迎えられるようでうれしい。さぞかし、父上、母上も喜んでおられるだろう」

季蔵の心を温かい風が通り過ぎた。

「実はお琴殿を見初《みそ》めたのは、それがしではなく母上なのです。寄る年波で痛む父上の足の薬を良効堂にもとめに行って、応対してくれたお琴殿の優しさにたいそう打たれ、通い詰め、奥へ招かれて話し込むことが多くなりました。そのうちに、それがしが母上を迎えに行くようになって、それで――」

成之助は顔を赤くした。

「ですから、お琴殿を気に入ったのは、それがしではなく、姑《しゅうとめ》になる母上だったのです」

「情けないことを言うな」

季蔵はやや口調を荒らげた。

――成之助はこと女子については敏捷どころか、鈍さの極みだった――

年頃になった弟にも、想う相手の一人や二人はいたのだろうが、文を届けるなどして気持ちを伝えることも、友達に仲立ちを頼むこともしなかった。

——不器用な成之助らしく、断られることを恐れて、片想いのままでいようと決めたのだ。それでも、わたしのせいで堀田家があんなことにならなければ、相応の婿の口もあったはずだが、格落ちの家に娘を嫁がせようという家はなかったのだろう。だから今回の縁組みは千載一遇のものなのだ——

「女子というものは、姑がよさそうな女だからというだけで、嫁ごうと決めるのではない。どんないい姑でも共白髪にはなれない。あくまで相手の男を気に入ってこそ、一生を共にしようとするのだ。だから、自信を持て」

「そうでしょうか」

成之助は小さな声で確かめると、

「しっかりしろ」

季蔵は弟の背中を荒々しく押した。

その季蔵の足は西へと向かっている。

「兄上の店は木原店《きはらだな》ではなかったのですか」

成之助が足を止めた。

「これではまるで、鷲尾の屋敷へ帰る道です」

「その通りだ」

「まさか、兄上は父上、母上とお会いになろうとしているのでは――」

「そのつもりはない」

「じゃあ、これはいったい――」

「おまえを屋敷の近くまで見送るためだ」

「それがしに塩梅屋に来るなということですか。手伝うなと?」

成之助は鼻白んだ。

「その方がいい。おまえとわたしはもう、生きている場所も考えも違うのだ。こうして逢《あ》っているのも、今だけのことだ。わたしは必ず、良効堂の失火の濡《ぬ》れ衣《ぎぬ》を晴らす。そうすればお琴殿は心残りなく、おまえと祝言を挙げられるだろう。この先、おまえはわたしともう関わらない方がいい。わかったな」

そう言い捨てると、季蔵は踵《きびす》を返し両国へ向かった。以前から、気になっていたことを確かめておくためである。

両国にある高級料理屋松木楼《まつきろう》は、俵物の煎海鼠《いりこ》や、干鮑《ほしあわび》、フカヒレで作る珍味で知られている。同業者に嵌められて首を括《くく》った撰味堂の主幾次《いくじ》が、若い仲居おしま目当てに足しげく通った店でもあった。そのおしまは幾次の後を追って大川に身投げしている。

――香屋の粋香堂、海産物問屋の撰味堂、ここのところ、立て続いて大店が店終いになった。風向きが悪くて、良効堂が隣近所を焼いていたら、同様の不運な憂き目にあっていたはず。まさかとは思うが、おしまについて知っておきたい――

季蔵は応対に出てきた女将《おかみ》の遠縁の娘おわきに、

「以前、お話をお訊きしたおしまさんについて、どこに住んでいたか、教えていただけませんか」

「でも、もうおしまさんは亡くなって――」

「どなたか、お身内はいるはずです」

「病気がちのおっかさんが一人」

「その方に是非、お話が訊きたいのです」

こうして、おしまの住んでいたのが、本所の小泉町の宗兵衛《そうべえ》長屋だと突き止めた季蔵はそこへと急いだ。

しかし、宗兵衛長屋の木戸門には早桶《はやおけ》が置かれていた。

――人が亡くなったのだ――

季蔵が中へ入るのを躊躇《ためら》っていると、

「おふねさんもこれでやっと、娘のところへ行けたね」

「けど、これじゃ、世の中、神も仏もないじゃないか」

「おしまちゃんだって、あんなにいい娘《こ》だったのに」

長屋の女房たちが、目を指で拭いながら話している。

七

――亡くなったのはおしまの母親だったのだ――

「日本橋の木原店で一膳飯屋《いちぜんめしや》を構えている、塩梅屋季蔵と申します」

季蔵は女房たちの前に立った。

「何の用？」

女房たちはいっせいに訝しげな目を向けた。

「実はおしまさんが生きている頃、おっかさんに食べさせてやりたいからと、料理を頼まれていたのです」

「何の料理？」

女房の一人が、

「あたしは大工の女房で、おすが」

大きな身体と目で睨むように季蔵を見た。

「蕗の薹の佃煮をと」

「ああ、あれ」

おすがは合点がいったらしく、

「どういうわけか、年寄りの好物だね、あれは。うちの爺《じい》さんもこの時季になると、寿命が伸びるから食べたいって。でも、魚を煮るみたいに急《せ》いて煮ると、苦味ばかりで、なかなか、いい味付けにならない。わかったよ、だから、あんたのところへ頼んだんだね、おしまちゃんは――」

顔は不審そうでなくなった。

――よかった――

咄嗟に料理を頼まれたと方便を言ったものの、おしまは料理屋勤めだった。母親のための料理を、わざわざ季蔵に頼まずとも、勤め先の板場に頼めばすむことであった。

「勤め先に頼むんじゃ、気が退《ひ》けたんだろうよ」

「内気なあの娘らしいじゃないか」

「そもそも、俵物なんぞを高級ぶって出しているあの店じゃ、蕗の薹の佃煮なんてもん、作りゃしないんじゃないかい」

「わかんないよ。松木楼なんて高級店、あたしゃ、前を通ったことしかないもの」

「あたしもそうさ」

「あたしも」

いつしか、女房たちの話は、おしまが勤めていた松木楼について熱くなった。

「あの店で何かあったから、おしまちゃんはあんなことに――」

おすがの言葉に、

「好きな人が居たと聞いていますが」

季蔵は話に割り込むことにした。

――幾次がここへ来るようなことはなかったのだろうか――

「ええっ？　それ、本当かい？」

女房たちは目を丸くした。

――幾次は道楽者だった。店でおしまに逢うのは楽しみでも、病気がちの親のめんどうをみるおしまなど見たくなかったのだろう――

「それじゃ、おしまさんがちらっと洩らしていただけの話です」

「おしまちゃんはその相手と関わって、あんな死に方をしたのかもしれない」

「あんな死に方って？」

――これは何かある――

「大川に浮いていたおしまちゃんの骸《むくろ》は、首の骨がぽっきり折れてた。おしまちゃんは誰かに殺されて、川に投げ込まれたに違いないのさ」

おすがは言い切った。

「お役人は気がつかなかったのですか？」

「気がつくも気がつかないも――」

おすがは皮肉めいた笑いを洩らして、

「長屋住まいで仲居をしている、貧乏な娘がどんな死に方をしようが、同心の旦那方は知らぬ存ぜぬなんじゃないのかい。下手人を見つけたところで、いいことがあるわけじゃなし――」

「そうは言っても酷い話だよ」

「そうだよ、そうだよ。あたしら貧乏人は虫けら扱いなのかい」

他の女房たちも憤慨した。

「貧乏人には誰も情けはかけてくれない、それが世の中の常さ。その証に、おしまちゃんに先立たれた後、おっかさんのおふねさんまで、あんな酷い目に遭ったんだから」

「おしまさんのおっかさんは、病が高じて亡くなったのではないのですか？」

「そりゃあ、病のせいではあるけど」

女たちは顔を見合わせ、

「今まで通り、神田松永町の了伯《りょうはく》先生が薬を施してくれていたら、もう少し、長生きが出来たかもしれない」

ぽつりとおすがが洩らした。

「でも、まあ、おしまちゃんが死んでからというもの、おふねさんは始終、早くおしまのところへ行きたいって言ってたから、これでよかったんだよ」

おすがは、

「あたしは今、おふねさんにとって、よかった、悪かったの話をしてるんじゃないんだよ。塚田《つかだ》了伯っていう医者のやり方が気に入らないのさ。何だい。仏面をしていたかと思えば、般若に変わっちまって――」

「どういうことです？」

「そもそも、あの医者、どうして、只でおふねさんを診《み》る気になったんだろう？」

他の一人が問い掛けて、

「おおかた、助平心からだったんだろうよ。勤めてた料理屋でおしまちゃんを見初めるかしてさ。だから、おしまちゃんが死ぬと、もう知らん顔。あたしなんて、薬だけでもと、願いに行ったんだよ。そしたら、弟子が出てきて、先生は忙しいからって、けんもほろろの門前払い。三度までは願いに行ったけど、いつも同じ。先生は出て来ないし、薬は貰《もら》えなかった。了伯の奴、あんなに始終、往診に来て、にこにこ仏面を見せてたのが嘘みたいだよ」

おすがは追い払われた時の口惜しさを思い出したのか、むっつりとした顔で唇を噛んで、

「とにかく、嫌な奴だった」

ぽつりと洩らした。

この後、季蔵はおふねの葬儀に加わり、墓所へと向かう早桶を見送ってから、木原店に帰り着いた。

途中、馴染《なじ》みの棒手振《ぼてふ》りと行き合い、

「お願いしやすよ。いい鰯です。飛びっきりの旬ものでさ。けれど、なにぶん、鰯は足が早いんでたまりやせん」

すがりつかれて、

「白子《しらす》があるんなら買ってもいい」

一夜干しの白子と残り物の鰯を、天秤の上の笊ごと買う羽目になった。

これで今夜の肴は決まった。念願の鰯尽くしの幾品かを試してみるつもりでいる。飯は白子を使った千疋飯《せんびきめし》を、

「お師匠さんとおきちちゃん、羨《うらや》ましくなるほど睦《むつ》まじいのよ」

おき玖が腕を振るうことだろう。

季蔵が鰯の入った笊を抱えて、塩梅屋の腰高障子を開けると、

「季蔵さん」

おき玖が駆け寄ってきた。

「田端《たばた》の旦那と松次《まつじ》親分がお見えになってます」

――ちょうどいい――

季蔵は田端たちに良効堂の火事の一件を訊いてみるつもりでいた。

「待ち兼ねたぜ」

茶を啜っていた松次が口を尖《とが》らせた。同心の田端はすでにしたたか酔っている。

「あいにく甘酒を切らしてて、親分、すみません」

季蔵が詫びると、

「そりゃあ、もう聞いたぜ」

松次はおき玖を見た。

「すぐ支度をします」

季蔵は手にしている笊を持ち上げて見せた。

「何だい、鰯かい」

松次は口をへの字に曲げた。

「鰯料理ばかりだが、安くて美味い〝鰯の子〟ならまだしも、塩梅屋が鰯とは、ちょいとしみったれてるんじゃねえのか」

松次は〝鰯の子〟の評判を知っていた。

「〝鰯の子〟に負けない鰯尽くしをと考えております」

「俺は鰯が好きだ」

とろりとした酔眼の田端は、空になった盃を置いた。

「じゃあ、まあ、お手並み拝見と行こうか」

季蔵は松次に見つめられながら、素早く、鰯の尾と腹わたを取り除くと三枚に下ろした。

「どうか、このまま召し上がってください」

季蔵は鰯を器に並べ、生姜汁を加えた梅風味の煎り酒で勧めた。

「鰯の刺身ってわけだな。こりゃあ、驚いた。鰯の生は酢味噌じゃねえのかい」

「酢味噌ならよく召し上がっておいででしょうから」

酢味噌は頭と腹わたを取って手開きにした鰯をぶつ切りにして、酢、味噌、すり胡麻、生姜汁の混ぜたものをかける。ここまで凝った味付けにすると、新鮮な鰯でも多少は気になる臭みも消える。

「ところで、何か大事なお役目でも？」

季蔵はさりげなく訊いた。

「まあ、そんなところだ」

松次と受け流し、田端は付け汁に浸した鰯を一口嚙みしめて、

「甘い、美味い」

感嘆すると、

「蕎麦《そば》屋で赤蛙屋が死んだ」

――赤蛙屋――

はっと息を呑んだ季蔵だったが、

「旦那や親分が出向かれるからには殺しでございますか？」

おもむろに訊ねた。

第四話　おとぎ菓子

一

「それがどうにもわからなくてな」

松次《まつじ》は鰯《いわし》の刺身を口に運び続けている。

「いいや、あれは殺しだ」

田端《たばた》は言い切った。

「身体《からだ》中に赤い斑点《はんてん》が浮き、餅《もち》を詰まらせたような顔をして、心の臓が止まっていた。あれに似た死に方をずっと以前、料理屋で川海老《かわえび》を食べた客に見たことがあった。その男は川海老に中《あた》ったのだ」

「川海老が古かったのなら、他の客も中ったんでしょう?」

松次は川海老の事件は知らないようである。

「中ったのはその客だけだった。店の者に訊《き》いてみると、日頃、膳《ぜん》の海老は残していたそうだ。すり潰《つぶ》した川海老は団子にして吸い物に入っていた。おそらく、その客に限っては海老と名のつく代物は命取りで、この時はそれと知らずに口にしたのだろう」

「今回の赤蛙《あかがえる》屋も同じだというのですね」

季蔵《としぞう》に頷《うなず》いた田端は、

「くだんの蕎麦《そば》屋では、倅《せがれ》の疳《かん》の虫を治そうと、月に日を決めて、赤蛙屋の九平《くへい》に頼んで赤蛙を料理させていた。九平とは親しかったのだ。だが、九平は今まで、いくら勧めても、恨めしそうにため息をつくばかりで蕎麦を食べなかったそうだ」

「蕎麦を食べなかったのは、川海老で死ぬことがあるように、赤蛙屋にとっては、蕎麦が鬼門だった――」

「ところがその日は、仕事が終わった後蕎麦を頼んで食べた。これで案じることなく蕎麦を食べられる、実は前から蕎麦を食べたくて仕方がなかったのだと、明るい顔をしていたという」

「赤蛙屋は、何かのご利益があって、自分が蕎麦を食べられる身体に変わったと信じていたのですね」

「そうだ。だが、そう信じるには理由《わけ》があろう。誰かが信じさせたか、蕎麦を食べても、命取りにならないという特効薬でも飲ませたのか――」

田端は小首をかしげて、

「骸《むくろ》に毒物の様子は？」

「信じさせた者の言葉など探すことができない上に、舌や唇は腫《は》れていなかったし、色も変わっていなかった。だから、殺しの証《あかし》になるものは何もなく、これ以上、詮議《せんぎ》することはむずかしい」

田端は無念さのあまり盃《さかずき》を続けて呷《あお》った。

「ってえわけで、この件は赤蛙屋の病死ってことでけりがついちまう」

田端の胸中を察した松次は、

「鰯の刺身もいいが、もっと、どしっとした肴《さかな》で酒を飲む気分じゃないですか、旦那《だんな》」

と口にすると、

「わかりました」

季蔵は鰯の煮付けを作り始めた。まずは鰯を手開きにし水洗いしておく。鍋《なべ》に生姜《しょうが》を一かけ、泥を落として薄切りにして入れ、味醂《みりん》風味の煎《い》り酒《ざけ》をたっぷり加えて煮た。

皿に盛りつけて出した。

「いかがです?」

「〝鰯の子〟じゃ、煮付けは黒砂糖と醤油でこってりだぜ」

眉《まゆ》を寄せた松次は甘く、濃いめの味が好みだったが、

「この方がすっきりして粋《いき》な美味《うま》さだ。酒にも合う」

箸《はし》を伸ばす田端に追従して、

「そういや、そうかもしれませんね」

箸を置くのを止《や》めた。

二人が帰っていくと、

「亡くなった赤蛙屋さんのことをずいぶん気にしていたけれど、良効堂《りょうこうどう》さんと関《かか》わりでもあるの?」

おき玖《く》に訊かれたが、

「別に——」

季蔵は何も告げないことにした。

——嫌な展開になりそうだ——

今までも季蔵は、おき玖に告げずにすませてきたことがあった。おき玖の父長次郎《ちょうじろう》は、娘には、ただの名もない料理人と思わせたままあの世へ行った。北町奉行 烏谷椋十郎《からすだにりょうじゅうろう》の配下にいる隠れ者であったことを、おき玖は昔も今も知らぬままであった。

——闇《やみ》に潜む話など、お嬢さんが知らなくていいことだ——

「そろそろ、鰯尽くしが出来上がってきたので、御奉行の烏谷様をお呼びしなければと思っています。あの方は食道楽ですし、お涼《りょう》さんには、瑠璃《るり》が世話になっていますからね」

季蔵は話題を変えた。

「食道楽が鰯なぞの下魚を好まれるかしら?」

おき玖は話に乗ってきた。

「美味ければ文句はないはずです」

「梅風味の煎り酒に生姜汁を効かせた付け汁で食べる鰯の刺身、生姜と味醂風味の煎り酒で煮た煮鰯、揚げ物はカピタン漬けで、ご飯は白子《しらす》の千疋飯《せんびきめし》、あと、汁と焼き物がいるわ」

「焼き物は梅風味の大葉焼きにしようと思います」

季蔵は早速、梅風味の煎り酒に漬けこんでおいた大葉を取り出した。頭をつけたまま、鰯の腹わたを取って塩をし、その腹の中に梅風味が染みた大葉をたっぷりと詰め込む。七輪の網の上に並べて焼けば出来上がりである。

「いくらでも食べられそうだわ」

おき玖は焼きたての鰯に、ふうふう息を吹きかけながら、ぺろりと三尾ほど平らげた。

「ご飯の菜にするのなら、練った梅を大葉で巻いてお腹《なか》に入れて焼いてもいいかも——」

最後は汁であった。

季蔵は手開きした鰯を裂き始めた。包丁を一切使わないのは、鰯の身に金気を移らせないためである。

「鰯のつみれ汁は美味《おい》しいけれど、尽くしの締めに出すにはちょっとね、庶民的すぎるというか、当たり前すぎるというか——」

おき玖は危惧《きぐ》したが、

「まあ、見ていてください」

季蔵は自信の程を示した。

鰯のつみれが練り上がったところで、もとめてあった芹《せり》をみじん切りにした。目も覚めるような新緑の色である。それをつみれに加えてざっと混ぜる。後は鍋に湯を沸かし、煮たってきたところで、芹の色が鮮やかなつみれを鍋に小さめに落としていく。

「出汁《だし》はいいの？」

おき玖は恐る恐る訊いたが、

「鰯から出る出汁で充分ですが、ちょいと深みを出したいので――」

季蔵は塩と昆布風味の煎り酒を隠し味に使った。

「鰯とは思えない上品なお味」

おき玖はうっとりした表情で讃えた。


翌日の夜、離れを訪れた烏谷は、いつものように大汗をかきながら、鰯尽くしに舌鼓を打った後、

「汁の前にもう一品」

人差し指を立てた。

「鰯の鮓煮《すしに》ですね」

「よくわかったな」

「実はとっつぁんの日記にあったのです。鰯の鮓煮、烏谷椋十郎様と――。それで御奉行にだけはお作りしました」

おからを使って鰯を重ね煮にする鮓煮は、豆腐料理と見なされている。酒と醬油《しょうゆ》で味付

けしたおからの三分の一の量を鍋に敷き、頭と腹わたを取ってさっと塩水に漬けた鰯を並べて、おからをのせて平らにし、その上にまた鰯を重ね、さらにおからをのせる。この鍋を醤油を加えつつ、弱火で半刻（約一時間）ほど煮て仕上げるのである。おからに埋まった鰯を取りだして盛りつける。半日ほど味を馴染《なじ》ませた方が美味しいので、季蔵はすでに昼前には作り置いてあった。

「これほど美味い鰯はない」

烏谷は惜しみ惜しみ箸を動かしつつ、

「以前、長次郎に初めて鮓煮《うのはな》なるものを食べさせられて、〝美味い、美味い〟と言い続けずにはいられなかった。〝卯の花（おから）などという、どうでもいいような代物が、ここまで物を言うとは思わなんだ〟とつい洩《も》らしたところ、〝人《ひと》も同じです。どうでもいいような一寸の虫のような者にも、五分の魂があるということを忘れずに、お役目を果たしてくださいますよう〟と釘《くぎ》を刺されてしまった。その時、長次郎は真顔だったから、鮓煮を食べさせたのは、若輩の奉行だったわしを諭したかったのかもしれぬ」

感慨深げであった。

——ちょうどいい話の流れになってきた——

「実はお耳に入れたいことがございまして」

季蔵は汁の椀《わん》を取って烏谷に勧めた。

「わかっておる。こちらから押しかけることはあっても、そちからの誘いなどそうあるものではないからな。しかし、まあ、そう焦るな」

烏谷はおき玖が上品だと褒めた、昆布風味の煎り酒が隠し味になっている澄まし汁を、ゆっくりと啜《すす》り、春の香りのつみれを味わい、

「これはなまじの鯛《たい》の汁よりも上だぞ」

唸《うな》った。

二

烏谷はつみれ汁を三椀、腹に納めた後で、

「ああ、この世で一番の鰯尽くしを喰《く》った、喰った」

満足げに伸びをすると、

「それで、話というのは何だ？」

鋭い目を季蔵に向けた。

「良効堂の火事はご存じですか？」

「二、三日前のだろう。先祖代々受け継いできた庭木が残らず焼けたそうな。惜しいことだ」

季蔵はふと、長次郎はこの烏谷にも摘み草料理を配っていたのではないかと思い、

「御奉行も蕗《ふき》の薹《とう》の佃煮《つくだに》がお好きですか」

と訊いてみると、

「いいや、わしの好みは、もう少し季節が先の山蕗の佃煮だった。山蕗は太いが空洞のある水蕗と違うので、佃煮にするとよく味が染みて、姿が似ているゼンマイなど足許にも及ばぬほど風味がいい」

「火事のお調べは？」

「失火と聞いておる。主《あるじ》の佐右衛門《さえもん》は若いのに相手を立てるのを忘れず、心がけがいいと同業者の間で評判の男だが、失火となると、二十日かそこらの手鎖は免れないだろう」

「手鎖は店の評判に関わりませんか」

「信用あっての商いだからな。多少は響くだろう。今現在、良効堂は江戸一番を誇っているが、咎《とが》めを受ければしばしばらくは客足が遠のくだろう」

「実は——」

季蔵は長次郎と良効堂の縁を知って、火事見舞いに参じた話をした。

「ほう、それで？」

烏谷の目が光った。

「まさか、握り飯の入った重箱を置いて帰ってきただけではあるまい」

「火が出た場所を含めて、家中、見て回りました。あれは断じて失火ではありません」

季蔵は庭の銀杏《いちょう》の木肌に溜《た》まっていた油や、赤蛙屋が厨《くりや》に現れた痕跡《こんせき》について話した。

「そして、その赤蛙屋の九平という男は殺されました」

九平が殺されたとする根拠を聞いた烏谷は、

「毒でも盛られたとわかっていない以上、それだけでは証にはならん」

首を横に振った。

「人は食い意地が張っているものだ。蕎麦が食えない体質《たち》の九平は、いつか食いたい、食ってやろうと思い詰めて、試した結果、命を落としたかもしれないではないか」

——やはり、これだけでは駄目か——

季蔵は諦《あきら》めず、矛先を変えた。

「ところで、撰味堂《せんみどう》もご存じでしょう？」

「独り身で変わり者だった主が流行《はや》り病で死んだ後、しばらく、その死を神隠しとして伏せられ、死んだことが公にされた時は、すでに、店が左前だったという話なら聞いている」

「主は病死ではなく、借金を苦にして首を吊《つ》ったのです」

季蔵は撰味堂の大番頭蓑吉《みのきち》や、松木楼《まつきろう》の女将《おかみ》やその遠縁の娘おわきから聞いた話をした。

「撰味堂の主が商売敵の奥州屋彦兵衛《おうしゅうやひこべえ》や、一関藩《いちのせき》と関わって嵌《は》められたという話は初耳だ」

烏谷は身を乗りだした。

「しかし、死んだ撰味堂の主は独り身の変わり者で負けん気の強い奴だったが、迂闊《うかつ》でも馬鹿でもなかったぞ。そんな男がどうして、赤子の手を捻《ひね》るような騙《だま》され方をしたのか——」

「おしまという松木楼の仲居が、商売敵との縁を取り持ったとのことでした」

「思い出した。撰味堂の主は女好きだと評判だったな。女房にしない代わりに、これと見込んだ女には、自分の店の事情や仕事の悩みなど、いろいろ話していたのだろう。男とはそういうものだ。やや落ち目の撰味堂を、昔のように江戸随一にしようと思い詰めていて、それを女に相談したのが間違いだった。女はおしまと言ったな、おしまがそれを取り引きの相手に伝えて、撰味堂は大きな罠《わな》に落ちたのだ」

「そのおしまも命を落としました。大川へ身を投げて後を追ったとされていますが、あれは殺されて、投げ込まれたのです。川から引き上げられた骸は、首の骨が折れていたそうですから」

　季蔵は唇を噛《か》みしめた。

「それがそちの五分の魂か」

　烏谷はじっと季蔵を見つめた。

「おしまだけではありません。わたしは赤蛙屋も口封じに殺されたのだと思っています。五分の魂のために仇を取ってやりたいのです」

「そちの気持ちはわからないでもない。しかし、殺されたおしまについて、撰味堂を嵌めた奥州屋が尻尾《しっぽ》を摑《つか》ませるとは思えない。一関藩にいたっては話を訊くこともできない。おおそれながらと訴え出て、裁くことなどできぬ相談だ」

「しかし、それでは、利用されて殺されたおしまが浮かばれません」

季蔵は懸命に食い下がった。

「そちにはまだ一四、二四、一寸の虫がいるのではないか」

烏谷の目は急に優しくなって、釣られた季蔵は、

「良効堂や撰味堂と同じ大店《おおだな》でしたが」

父親殺しで打ち首になった粋香堂の跡取り藤太《とうた》の話をした。

「そうか。長次郎は粋香堂にも出入りしていたのか」

烏谷は感慨深げに頷き、

「香屋の粋香堂、海産物問屋の撰味堂、薬種問屋の良効堂か——」

と呟《つぶや》いて、

「これらに似通っているところはないか？」

「どの店も店終《みせじま》いにされたり、されそうになったりしています。ただし、そうなったり、なりかけた事情は違います。香屋の粋香堂は若い義母を慕うあまりの父親殺しで、跡継ぎが刑場の露と消え、撰味堂は借金で店が倒れ、良効堂は風向きが悪ければ、間違いなく、江戸払いでした」

「まあ、そんなところなのだろうが」

気のない相づちを打った烏谷は、しきりに目をぱちぱちさせている。思案している時の癖であった。

「何か、お気の付かれたことでも？」

季蔵は烏谷に話を促した。

「そちは相沢貴経《あいざわたかつね》を知っているか」

「目付を務めておられる相沢様ですね。御尊名だけは」

「そうだ。相沢貴経は六百石取り、三十四歳という若輩ながら、政《まつりごと》を行う能力が高く、何より、人品骨柄申し分ない人物だ。ところで、近く、新しい長崎奉行が任命される。ご時世もあって、この相沢を長崎奉行にと推す声が高い。これにはわしも賛成だ」

長崎奉行とは、幕府のいくつかある遠国《おんごく》奉行の一つである。

「幕府領である長崎の最高責任者として、長崎会所を含む長崎の町のすべてを押さえる、責任の重いお役目です」

季蔵が仕えていた鷲尾《わしお》家の先代影親《かげちか》は、長崎奉行を務めていたことがあった。長崎奉行は、清国《しん》やオランダとの通商はもちろんのこと、近隣諸藩にも睨《にら》みをきかせなければならない激務である。十年ほど前のエゲレス船の侵入の時には、時の長崎奉行が鍋島藩・福岡藩・大村藩に兵をだすよう命じた。

「相沢貴経には厄介な対抗馬がいる」

長崎奉行は余禄が莫大なことでも垂涎《すいぜん》の的であった。たしかに鷲尾家も影親の長崎奉行時代に蓄財が増え、それが禍《わざわい》したのか、息子の影守《かげもり》は並みの贅沢三昧《ぜいたくざんまい》では飽きたらず、無軌道で、自堕落な生活を欲しいままにしたのである。

「対抗馬は中根覚右衛門《なかねかくえもん》、四十八歳、七百石取りだ」

「その方もたしか目付を――」

「徒頭《かちがしら》から目付になって早八年。凡才で強欲、人望がない。女に手が早く、我《わ》が儘《まま》者で気分屋なので、手討ちにされそうになった家臣や女たちもいる」

――これではまるで、鷲尾影守そのものではないか――

季蔵は是が非でも、中根覚右衛門の長崎奉行就任を阻止したくなった。

「長崎奉行の条件に高い石高はもとめられない。旗本で五百石以上あれば叶《かな》う夢だ。この職で財を築けば、さらなる出世の礎になる。中根は欲のためだけにこの職に就きたいと思っているようだが、五十年前ならいざしらず、エゲレス船がオランダ船と称して侵入してくるご時世だ。その時、長崎奉行を務めておられた松平康英殿は、如何《いか》に幕命とはいえ、長崎警護が、あまりに手薄だったことへの責任をとり切腹なされた。康英殿と申せば、オロシア（ロシア）船の始末をされるなど、真摯《しんし》にお役目を務められたお方だ。これからも異人船は来る。長崎奉行たるもの、欲得のためではなく、康英殿のような覚悟があってこそ務まるお役目と思う。中根などに務まってたまるものか」

熱い物言いの烏谷は、中根覚右衛門の名を吐き捨てた。

三

「御奉行は香や俵物、薬種が長崎奉行と関わりがあるとおっしゃりたいのですね」

香や薬種は長崎を通じての輸入品の代表格であり、煎海鼠《いりこ》や干鮑《ほしあわび》、フカヒレの俵物は主に清国が好む輸出品であった。

「そうだ」

烏谷は大きく首肯して、

「そして、長崎奉行の人選は、香屋や海産物問屋、薬種問屋にとって一大事のはずだ。商人なら誰もが長崎奉行に目をかけてもらって、有利な取引をしたい、できれば輸出入品を独占したいと考えるだろう」

「しかし、それではほかの同業者たちの商いが立ちゆかなくなります」

「そこが長崎奉行の裁量だ。歴代の聡明な長崎奉行たちは、商人たちが無益な争いをせぬよう、弁《わきま》えのある店の主を見込んで任せてきた。弁えのある主ならば、自分さえよければいいとは思わず、利権を同業者に分け与え、同業の底上げを目指す。その結果、香や俵物、薬種の流れが、多くの商人たちを潤わせているのだ」

「今は店終いに追い込まれた香屋の粋香堂や、かろうじて難を逃れた薬種問屋の良効堂は、江戸一番の大店です。長崎の取引は粋香堂や良効堂が仲間を率いていたのでは？」

「その通りだ」

「海産物問屋の撰味堂は違いますね」

「今、長崎への荷をしきっているのは、撰味堂を嵌めたとされている奥州屋だ。だがその前は撰味堂だった。長崎奉行が代わればまた、撰味堂が見込まれるかもしれない。それで奥州屋は先手を打って、親切ごかしに騙して撰味堂を叩《たた》き潰したのだろう」

「奥州屋は海産物問屋です。赤蛙屋を使って、商いの異なる薬種問屋の良効堂まで、追い落とそうとしたとは思い難いのですが――」

「これには後ろにもっと大きくて黒い奴がいるな」

烏谷はそこに悪人が立ってでもいるかのように、ひたすら宙を睨んだ。

「それと、こ奴がいいように使っているのは、奥州屋だけではなかろう。そうでなければ、ここまで凝った悪巧みはできまい」

「長崎奉行の人選絡みだとすると、香屋の跡継ぎの父親殺しにも、裏があったような気がします」

「早速、探り出してみてほしいと言いたいところだが、赤蛙屋の方が先だ。おしまが幾次を商売敵の奥州屋に会わせたのは、幾次のためになると信じてのこととわかっているが、赤蛙屋がいったいどんな理由で、恩ある良効堂に付け火したのか、皆目わからない。こちらを先に調べてみてほしい」

「わかりました」

承諾した季蔵に、

「先ほどのつみれ汁はあるか」

さらなるお代わりを所望した烏谷は、

「あれは病みつく味だぞ」

光った目のまま舌なめずりをした。

烏谷を送って店に戻ると、

「季蔵さん、お茶でもいかが」

掛行灯《かけあんどん》の火を落とし、三吉《さんきち》を帰したおき玖が待っていた。

「実は相談に乗ってほしいことがあって――」

おき玖はもじもじしながら、ため息を一つ、二つついた。

「遠慮なくおっしゃってください」

「お師匠さんからの頼まれ事なのよ。あたし、一昨昨日《さきおととい》から悩んでいるの」

「おきちちゃんのことでは？」

「よくわかったわね」

「雛節句《ひなぜっく》が近いですから」

――雛節句のちらし鮨《ずし》の注文かもしれないが――

それなら、悩むほどのこともないように思われる。

「おきちちゃん、大店のお嬢様だったのに、おとっつぁんがあんなことになって、お店が潰れて、大事にしていた雛人形も売られてしまったの。それをお師匠さんが不憫《ふびん》がってね。雛節句なんてこの世に無いような明るい顔をしてるのが、たまらないって。それで、あたしに、せめて、雛節句の日の御馳走《ごちそう》ぐらい、おきちちゃんの心がぱっと晴れるようなものを調えてやりたいって――」

「ちらし鮨では駄目なのでしょうね」

「おとっつぁん譲りの塩梅屋の雛ちらしは美味しくて、注文が多いけれど、翳《かげ》っている子どもの心がぱっと晴れるというほどでは――」

「もう少し、派手で子どもにわかりやすいものってことになりますか」

「ええ、まあ、そうなんでしょうね」

おき玖は袂《たもと》をもぞもぞと動かした。

「わたしもお手伝いします」

「それで、あたし、昨日、店が退けた後、こんなもの拵《こしら》えてみたんだけど」

そう言って、おき玖は捻《ひね》った紙を手の上で広げた。

「子どもの頃、おとっつぁんにせがんで作ってもらったのを思い出したのよ」

紙の上には紅白、緑の色鮮やかな雛あられが乗っている。

「雛菓子でしたか」

季蔵はため息をついた。

――菓子には心得がなさすぎる。以前、見様見真似《みまね》で長命寺《ちょうめいじ》風の桜餅《さくらもち》などを作ったことがあるが――

「綺麗ですね」

雛あられは乾いた餅米を一粒一粒丁寧に菜種油で揚げ、煮詰めた砂糖水の衣をかけて仕上げる。白いままにするものと、その衣に食紅を加えて薄桃色にしたもの、抹茶で薄緑に染めたもの、この三種を合わせて雛あられであった。

——菓子は料理にも増して見栄えが大事だ——

「これで充分じゃないですか。お嬢さんの心がこもってて」

「それは間違いないけど、ありふれてるんだもの」

おき玖は雛あられの乗った和紙を、一捻りして袂に納めた。

「あたしもおとっつぁんに突然、死なれたからよくわかるの、おきちちゃんの気持ち。おきちちゃんはあたしよりずっと幼いだけに、どんなに切ないか、辛《つら》いか——。だから、あたし、おきちちゃんの心、ぱっと晴れるんじゃなくて、ぱーっと、お陽《ひ》さまみたいに明るくなってほしいのよ」

「なるほど」

季蔵は頷いたものの、

——見て食べて、女の子の気持ちが浮き立つ菓子と言われても——

姉妹がいない育ちだけに見当がつかなかった。

「それであたし、飴《あめ》細工なんてどうかと思ったのよ」

飴細工は火で練ったあつあつの飴に着色して、虎《とら》や兎《うさぎ》、金太郎などの形に細工したものである。細工をしながら売り歩く飴細工売りは、子どもたちにたいそうな人気であった。

「飴細工でかぐや姫なんぞができたらいいと思ったんだけど」

「あれは年季が必要です」

「そうなのよね。だから、それは諦めたの。それで思いついたのが練り切り——。練り切りならいろんな形が作れるでしょ。この間、立ち寄った松次親分にも催促されててね。ほら、あたし、松次親分に話を訊こうとした時、そのうち、練り切りを御馳走するなんて、調子のいいこと言ったでしょ。そのこと、甘党の松次親分ったらしっかり、覚えてて、季蔵さんが戻ってくる前は、甘酒も切れてたせいで、まだか、出任せだったのかって、さんざん嫌味を言われたのよ」

――松次親分絡みの練り切りとあっては仕方がない――

あの時、おき玖が練り切りで松次に取り入らなければ、松次の口は開かなかった。

「それじゃあ、練り切り作りをお手伝いしますよ」

「本当に？」

ぱっと目を輝かせたおき玖は、

「練り切りなら、火を使わない分、飴細工ほど手強《てごわ》くないはずです」

「ああ、よかった」

胸を撫《な》で下ろした。

こうして、翌日の朝から季蔵とおき玖の練り切り作りが始まった。

「季蔵さんは店の仕事があるのだから、おおよそのことはあたしがやるわ」

おき玖は張り切り、作る菓子が練り切りとあって、

「いつもより、早く店に来ますから、おいらも手伝わせてください」

三吉は聞き逃さなかった。

「おいら、いつも、練り切りを売ってる菓子屋の前を通ると、ついつい見惚《みと》れちまってました。そりゃあ、高いけど、姫様みてえに綺麗ですもん。食ったこともねえけど、きっと味もいいんでしょうね」

「出来たら、思う存分、食べさせてあげるわ」

おき玖は思いがけぬ助っ人を歓迎し、

「うれしいな。おいら、一度食べてみたかったんです」

三吉は早く、練り切りの材料を買い集めに行きたくて、落ち着きなく、戸口の方ばかり見ていた。

四

「そう急《せ》いても、すぐには何をもとめていいかわからない」

季蔵は苦笑し、柳橋《やなぎばし》の菓子屋嘉月屋《かげつや》宛《あて》に文を書いた。嘉月屋の主嘉助《かすけ》には、以前、長次郎の日記にあった、早水無月《はやみなづき》という名の幻の菓子を再現して見せたことがあった。蒟蒻《こんにゃく》に小豆《あずき》を取り合わせた早水無月は、不思議な代物ではあったけれども——。

「これを持って嘉月屋へ行き、嘉助さんから、練り切りに必要なものを訊いて買いだしてきてくれ」

季蔵は一刻も早く、赤蛙屋の九平の家族を捜し当てたかったが、三吉が戻り、練り切り作りにひと区切りつくまで待つことにした。

昼を過ぎて、八ッ刻（午後二時頃）になって、やっと三吉は塩梅屋の店先に立った。手にしているのは、白いんげん豆、白玉粉だけなのだが、えらく疲れた様子である。

「話は水を一杯飲んでから」

おき玖が急いで水の入った湯呑《ゆの》みを差し出した。

「嘉月屋の旦那さんの話が長くて、むずかしくて――」

三吉はため息をついた。

「菓子作りは小豆餡《あん》一つ煮るにしても、奥が深いものだ」

「その通りなんだそうで。中でも上生菓子って部類に入る練り切りは、飛びきりのむずかしさだってことでした」

「それ、形を作るのがむずかしいってことじゃないの？　今だったら、桃の花や雛人形、菜の花なんかを形や色で見せる――あれ、綺麗よね」

うっとりと微笑んだおき玖は楽天的であった。

「むずかしいのは形だけじゃないんだそうで」

三吉は懐から書き付けを取り出した。

「これは嘉月屋の旦那さんから聞いたことを、おいらが書き留めたもんです。旦那さんは、自分が書いて季蔵さんに渡してもいいけど、それじゃ、おいらのためになんねえから、聞いたことはおいらから話せって。あの人は厳しい人だが、神様みてえに菓子にはくわしかった」

——嘉助さんらしいはからいだ——

嘉月屋嘉助は、いったい、いつ寝ていつ起きるのかと人の噂になるほど、目立つ働き者であった。嘉助の頭の中は、常に江戸っ子の心を捉《とら》える菓子作りのことで占められてる。

嘉助の口癖は、

「所詮《しょせん》、菓子なんて、なくてもいいものですからね。腹を満たすんじゃなくて、甘い夢を叶《かな》えたくて、ついつい、手を出してしまう代物なんです。こいつをしっかり肝に銘じてないと、菓子屋はあがったりです」

「それじゃあ、三吉に練り切りの教えを乞うとするか」

季蔵は笑顔で三吉を促した。

「まず、練り切りは上生菓子だそうです」

「上生菓子じゃないものは、並生菓子とでもいうのかしら」

おき玖が何気なく呟くと、

「さすが、お嬢さん、勘所がいいです。その通りなんですよ。並生菓子は、柏餅《かしわもち》なんぞの餅菓子、薯蕷饅頭《じょうよまんじゅう》などの蒸かし菓子、金鍔《きんつば》といえばぴんとくる焼き菓子、水ようかんなどの流し菓子など、時季に応じて普段に食べるものなんだそうで——」

「上生菓子は練り切りだけなの？」

「そうじゃありません。こなしってえもんがあるんだそうです」

「こなし？　聞いたことがないわね」

「上方《かみがた》じゃ、こっちの練り切りをこなしというそうで」

「じゃあ、一緒じゃないの」

「ぱっと見はそっくりに出来るけれど、やっぱし違うそうです」

「どう違うの？」

「生地の練り方も材料も違うって」

三吉は自分で書いた字面を熱心に追った。

「練り切りは白餡に求肥《ぎゅうひ》を加えて、弱火にかけた鍋ん中で混ぜ練るんですが、こなしの方は先に小麦粉や餅粉を、白餡と混ぜて蒸かした後、砂糖と練り合わせるんだとか」

白餡はいんげん豆か白小豆を煮て、砂糖で甘みを加える。求肥とは蒸すか、茹《ゆ》でた白玉粉または餅米粉に、砂糖や水飴を加えて練った餅の一種である。

「そうなるとまずは白餡だな。こいつを作らなくては」

小豆餡には馴染みのある季蔵も、白餡となると不慣れであった。

「たしかにまずは白餡が肝だわ。これが出来ないと先へは進めない」

おき玖は白いんげん豆を笊《ざる》に移した。

「いんげん豆を戻そう」

季蔵は三吉に命じて、いんげん豆をたっぷりの水に浸けた。

「艶《つや》のいい豆だから、一晩ほどで戻って使えるだろう。店終いの時に水を替えてくれ」

こうして始まった練り切り作りだったが、まだまだ道は遠かった。

「何より、どんな物を拵えるかよ。そのために練り切りを選んだんですもの」

おき玖は意気込んでいるが、

「練り切りが上生菓子って呼ばれるのは、綺麗な色、形に仕上げられるからだそうですよ。白餡と求肥を合わせた生地でも、饅頭みてえに丸い形に丸めただけじゃ、上生菓子とも練り切りとも呼べないそうで」

三吉は水に浸かっているいんげん豆を不安そうに見つめた。

「できるんでしょうか、そんなむずかしいもん。嘉月屋の旦那さんは、上生菓子の形づくりほど年季のいるものは滅多にねえって、おっしゃってましたし」

「あたしの文箱《ふばこ》」

おき玖は口走った。

「宝物なのよ。おっかさんはもう死んでたけど、それでもあたし、七つの祝いのお参りには、おっかさんと一緒じゃなきゃ嫌だ、晴れ着なんて着ない、他の娘《こ》はみんな、おっかさんに手を引かれてるじゃないかって、大泣きしたの。そうしたら、おとっつぁんもぽろぽろ泣き出して、泣いたおとっつぁん見たの、あれが最初で最後だった——、大甘になっちゃって、何でも、あたしの好きなもんを買ってくれるって言ったのよ。それで思いついたのが文箱だった。犬とか兎とか、可愛《かわい》い生き物が描いてある文箱が欲しいって——。おとっつぁん、江戸中を廻《まわ》って見つけてくれようとしたけど、あたしが望んだようなのはなくて、結局、かぐや姫みたいな昔のお姫様が描かれている文箱だったの」

――なるほど、それで、おきちちゃんのために、練り切りでかぐや姫を作ってやりたいなんて思ったのか――

季蔵はおき玖の深く温かい想いに打たれた。

「でも、かぐや姫だと、月へ帰っちゃうんだったわよね。そもそも、昔の女の人の長い髪の後ろ姿ってはかなげで寂しすぎる」

「本当は生き物がいいんでしょうね」

「そうは言っても、犬や猫の練り切りっていうんじゃ、あんまり風情がないわ」

三吉は一度懐にしまった紙を出して、

「上生菓子の由縁は花鳥風月や山水だって、旦那さんはおっしゃってましたよ」

花鳥風月、山水という言葉をおっかなびっくり口にした。

翌朝、塩梅屋には三吉が先に来て、季蔵を待っていた。

「いよいよ練り切りを作るかと思うと」

三吉は武者震いをしている。

「だが、今日は白餡までだぞ」

「どうしてです?」

「練り切りは仕上げが命だと教えてもらったはずだ。何を拵えるか決まらないと、求肥を作って練り合わせることはできない」

「お嬢さんが今頃、思いついているんじゃねえかと」

ところが、おき玖は、

「夜通し、いろいろ考えたんだけど、どうしても思いつかなくて。何で子どもの頃、生き物が描いてある文箱を、欲しいと思ったのかも思い出せなくて――」

赤い目をしていた。

季蔵は三吉と一緒に白餡を仕上げることにした。

――これを終えたら、赤蛙屋の九平の長屋を訪ねなければ――

すでに九平の住まいがどこかは松次に訊いて知っていた。そのために番屋を訪れたのである。

「親分のために、いよいよ、練り切りを作らせていただきます」

この言葉を聞いた松次は、

「そうかい、そうかい」

笑み崩れて、赤蛙売りの家族の居所を、

「たしかあいつにも子どもがいたはずだが、子どもに練り切りはちょいと過ぎた菓子だ」

などと言いつつ、すんなり教えてくれたのであった。

「始めよう」

季蔵に命じられた三吉は、戻って皺のなくなった白いんげん豆を鍋に入れて火にかけた。鍋の水が煮立ったら火から外して、水の入った桶に取り、豆の皮を剝いていく。小豆の場合は、灰汁《あく》を流す目的で、煮立ったところで笊に取るだけである。

「そこが小豆とは違うのね」

おき玖の言葉に、

「そうしねえと、漉《こ》して餡にする時難儀だし、色が綺麗に仕上がらねえだけじゃなく、いい舌触りになんねえんだそうです。ここが白餡の肝心なところで――」

三吉は慎重に豆の皮を剝き始めた。

五

皮が剝かれたいんげん豆は落とし蓋を載せて柔らかくなるまで煮る。笊に上げて一回目の漉し取りをする。笊の目に押しつけるようにして、お玉の背を使い漉していく。その後、目の細かいふるいにかける。この時、桶に水を張って、その中にふるいを入れ、洗うように漉し取っていく。これが二回目の漉し取りである。

三回目はふるいにかけた豆を布巾《ふきん》で漉し取る。ここではしっかりと絞る。これが生餡である。生餡の半量強の白砂糖を半分加えて弱火にかけ、混ざったら残りを足して、ひたすら木杓子《きじゃくし》を動かし続ける。最初はとろりとして水気が多いが、だんだんに手応《てごた》えが出てくる。

「ここがふんばりどころだって。うっかり手を止めると白餡が焦げちまうそうで」

三吉は懸命に搔《か》き混ぜている。

「そうはいっても、仕上げの目安はあるはずだ」

「それはえーと」

額から玉の汗を流しながら、

「お嬢さん、すいません」

自分の書き留めた紙がはみ出ている、合わせた襟元を付きだした。

「はい、はい」

おき玖は襟元から紙を抜き取って広げると、

「木杓子ですくい、そのまま鍋に落としてみて、落とした形が広がらなければ出来上がりと書いてあるわ」

頷いた季蔵は、

「もう、そろそろいいんじゃないのか」

三吉を促した。

「そうでしょうか」

半信半疑の三吉だったが、木杓子で白餡をすくいあげて落とすと、落とした形のままになった。

「綺麗な白に仕上がったな」

季蔵は褒め、

「出来た、出来た」

三吉は大喜びして、

「ちょいと味見」

近くにあった箸の先を白餡に潜らせて、

「こりゃあ、美味え。小豆餡が小町娘なら、白餡はやっぱし姫様だ。白餡だけでもこれだけ美味えんだ。これを使って練り切りにしたら、どんだけ美味えか、おいら、気が遠くなってきた」

はしゃぎ続けた。

白餡作りが無事終わったところで、

「何を拵えたらいいか。風にでも当たれば、いい知恵が浮かぶかもしれませんからね。お嬢さん、ちょいと出てきます。三吉、練り切りに夢中になるのはいいが、夜の肴の仕込みもしっかりやってくれよ」

季蔵は店を出た。

深川は黒江町にある伝兵衛《でんべえ》長屋に、赤蛙屋の九平の家族を訪ねるためであった。

九平の女房のおさよは家で仕立物の仕事をしていた。一間しかない畳の上に、華やかな絵柄の反物が広がっている。その光景が何とも侘《わ》びしいのは、棟割り長屋が昼間でも暗いからであった。

隅では三、四歳と思われる小さな女の子がすーすーと寝息をたてていて、その隣りには、九平の白木の位牌《いはい》があった。仏に手向けているのか、湯呑みに菜の花が一本入れられている。

名乗った季蔵は、

「九平さんに頼まれ事をしていたものですから」

おしまの家を訪ねた時と同じ方便を使った。

「食べ物を商う方にうちの人が頼み事を？」

針を動かす手を止めたおさよは、眉を寄せ、

「まさか、お金を借りて――」

用心深い目になった。

「いいえ、そうではありません」

胸が詰まりかけた季蔵は、あわてて、雛節句に娘の好物を作って届けるように言われているると言った。

「もちろん、お代もいただいております」

「まあ」

おさよの手から針が落ちた。

「あの人があたしたちのために――」

目から涙が溢《あふ》れ出す。

「そんなに雛節句を気にしていてくれたのなら、命取りの蕎麦など食べずにいて欲しかった。娘のおはつに天下一の雛人形を買ってやるなんて、出来もしない約束をしなくたって、生きて、生きていてさえくれるだけでよかったのに」

おさよは袂《たもと》を目に当ててむせび泣いた。

「九平さんは娘さんに雛人形を買うと約束していたのですね」

「ええ。うちはずっと組立絵の雛壇で間に合わせてたんですが、娘にも友達が出来て、その子のところへ遊びに行って、雛人形を見せてもらうと、どうしても欲しいってきかなくてね。もう少し、大きくなれば、聞き分けができて、うちには無理な話だってわかるんだろうけど」

おさよは眠っているおはつの方をちらりと見てため息をついた。

紙で出来ていてる組立絵の雛壇は、芝大門《しばだいもん》辺りの絵草紙屋で売られていた。

「うちの人は子煩悩でしたから、何としてでも、買ってやるんだって意気込んで、このところ、十軒店《じっけんだな》などに雛市が立つようになると、毎日のように雛を見に出かけて行って、娘と雛人形の話ばかりしてました」

「よほど赤蛙が売れたのですね」

「まさか」

おさよは引き攣《つ》った笑いを浮かべた。

「逆立ちしたって、しがない赤蛙売りに雛様が買えるもんですか。あたし、今でも、うちの人がどうして、果たせもしない約束を娘としたのか、後で買えない理由を、どうやってこじつけてわからせるつもりだったのか、わからないんです。だから、もしかして、蕎麦屋で蕎麦を食べたのは——」

おさよの声が詰まった。

「覚悟のものだったと思っているんですね」

「娘を喜ばせすぎましたから、気持ちはあるが、本当は買ってやれないと言って、嫌われるのが怖かったんじゃないかと――」

「つまり、それほど、蕎麦は禁忌だったのですね」

「子どもの頃、蕎麦を食べて死にかけたことがあるそうです。蕎麦粉を練ったそばがきも駄目で。だから、うちでは大晦日《おおみそか》も年越し蕎麦は食べない決まりなんです。あたしもつきあって食べないうちに、蕎麦の味を忘れちまったほどでね」

「たしかにどうして、命取りの蕎麦を食べたのかは謎ですね」

「ただし、蕎麦は好きでしたよ。死にかけはしたが、いい味だった。忘れられないと言って――。決して、食べられないものだからこそ、もう一度食って死にたいと、大晦日になるたびに洩らしていました。ですから――」

「しかし、死んでしまっては、可愛い娘さんの先々を見守ることができませんよ。九平さんの死は、覚悟のものではないとわたしは思います」

「とすると――」

おさよは青ざめた。

「殺されたかもわかりません。お願いです。このところの九平さんの言葉や行いをよく思い出してください」

「そう言われても――」

「どんな些細《ささい》なことでもかまいません」

「年を越してから、うちの人、酔って帰ることが多かったんです。その頃からですね、この娘に雛人形を買ってやるなんて言いだしたのも――」

「酔って帰った時の様子は？」

「陽気なお酒でしたよ。ただ、あの人が酔い潰れたと思って、あたしも寝て、夜中に目を覚ました時のことでした。あの人は起きだしてて、おはつの寝顔を見ながら、〝金はあるとこにはあるんだ。多少、おこぼれを頂戴しても悪かねえはずだ〟って。あたし、何とも嫌な胸騒ぎがして、〝今、言ったこと何よ〟ってうちの人を問い詰めたんです。すると、〝なに、赤蛙がここんとこ思うようにとれねえんで、ちょいと値を吊《つ》り上げようと思ってただけさ〟って、いつもの顔で――。それで、安心したんです」

「蕎麦の話は？」

「これも酔った時のことでね。〝おさよ、おさよ、いい話を聞いた〟って、にやにや笑って、〝俺は死ななくても蕎麦が食えるかもしれない〟って言い出したんです。〝蕎麦の食えない身体でなくなる薬があるんだってさ〟って。どうせ、酔っぱらいの戯言だと思って、その時は聞き流しましたがね。だけど、それ――」

　おさよは季蔵をじっと見つめて、

「うちの人の与太話でなかったとしたら――」

「誰かが、九平さんを殺すため、巧みに仕掛けた罠だったかもしれません」

「そんな恐ろしいこと」

おさよはぶるぶると身体を震わせた。

「ところで、九平さんが亡くなってから、ここへ来て、九平さんの遺《のこ》したものを持ち去った人はいませんか？」

「それなら――」

立ち上がったおさよは茶簞笥《ちゃだんす》の引きだしを開けると、小判を二枚取りだして、

「神田松永町の塚田了伯先生がおいでになって。塚田先生はうちの人の得意先だったんですよ。もとめた赤蛙の代金の未払いがあるからと、このように過分な香典をもらいました。その代わり、借用書代わりにもなりかねない、九平の覚え書きを渡してほしいと言うんで渡しましたよ。うちの人の帳面にはお客さんの名が書かれていたんです」

と言った。

六

――おしまの母親を診ていた塚田了伯は、赤蛙屋の九平とも関わっていた。撰味堂の主が自害に追い込まれた一件と、医師の了伯にこれで蕎麦が食える身体になるからと、偽りを吹き込まれて、何の効き目もない薬を飲まされ、殺されたにちがいない九平が、これでつながった――

季蔵は確信した。

——それにしても、何とも巧妙なやり口だ。撰味堂も九平も自分から死んで、下手人は直接、手を下していない。だとすると、たぶん、香屋粋香堂の一件も——

寡婦になったおむらが小さな商いをしているという、伊勢町へ立ち寄らねばと思い立った時、

「おっかさん」

おはつが目を覚ました。

「おとっつぁんはまだ帰ってこないの？」

黒目勝ちのおはつは愛くるしい顔だちをしている。

「おとっつぁんはお星様になっちゃったのよ。だから、しばらくは帰ってこないの」

「お星様のところでおねんねしてるんでしょ」

——こんなに小さくてはまだ、父親の死がよくわからないのだろう——

季蔵は幼子を見るのが辛かった。

「そう、そうなのよ」

おさよはくるりと娘に背を向けて、指を目に当てた。

「しばらくってどのくらい？　あたい、おとっつぁんに会いたい」

「ところが、お星様ってきらきら綺麗でしょ。だから、おとっつぁん、お星様んとこが気持ちよくて、なかなか帰る気になれないんだ」

「それなら、伝えて」

おはつは季蔵の方に向き直った。

「わたしで伝えられるかな」

季蔵は微笑んだ。

「伝えられる。おっかさんに頼んだら、お星様は遠いところだから、女じゃ行けないんだって。でも、おじさんは男だから大丈夫だよ」

「わかった。それじゃ、伝えよう」

「ちょっと待ってて」

おはつは押し入れを開けた。

「これ」

絵が描かれた紙を手にしている。

「おとっつぁんに渡して。あたいが、本当に欲しかったのは雛人形じゃなかったこと、おとっつぁんに伝えたいの。だから、お星様から戻ってくる時のお土産はこれにして欲しい」

「この娘ったら、おとぎ話が大好きで」

おさよの顔が和んだ。

「始終、あたしが話して聞かせてるうちに、すっかり覚えちまって、この通り」

季蔵はおはつから渡された紙を繰った。

「大きな桃と男の子が並んでいる。これは〝桃太郎〟だね」

「桃から産まれた桃太郎の鬼退治」

おはつは謳《うた》うように相づちを打った。

「二枚目は桜の木と白い犬。〝はなさか爺《じい》さん〟かな」

「ここ掘れわんわん――」

〝はなさか爺さん〟では、不思議な力を持つ白い犬が、善良なおじいさんに幸運をもたらす。

「三枚目はおじいさんと雀《すずめ》。〝舌切り雀〟と見た」

「雀とおじいさんは仲良しなんだよ」

「四枚目は仕返しの話だね。さるとかに。〝さるかに合戦〟」

「悪いさるに仕返しするのは、かにの子どもたちなんだ」

「最後はよいうさぎと悪いたぬきの〝かちかち山〟。うさぎがたぬきを懲《こ》らしめる話だ。おや、〝さるかに合戦〟のさると〝かちかち山〟のたぬきも、悪い奴なのに可愛いぞ。どうしてかな」

「おっかさんが、本物のさるやたぬきは悪くないっていうもの」

「そうか、それでか。よくわかった」

――よし、一つ、これで練り切りの上生菓子を作ってみよう――

「これを必ず、おとっつぁんに届けよう」

おはつの描いた絵を懐にしまって、香《こう》むらへと向かった。

香むらの前は人だかりができている。

「何せ、元吉原《よしわら》の太夫《たゆう》で、身請けされて、江戸で一、二を争う香屋粋香堂のお内儀に納まった女が店主だからね」

客の中には、結構な器量を一目見ようと立ち寄る男たちも居た。

「なかなか、いい香りを売ると評判ですよね」

「雅《みやび》やかでいながら色香のある香りで――」

「練り香は手頃な値段だし」

「でも、趣味のいい匂《にお》い袋は少々高くてもほしいわ」

「近く、匂い袋とお揃《そろ》いの懐紙入れも売り出すという話よ」

「その懐紙にも匂いがついてるんでしょうね」

「是非、買いもとめなければ」

女たちはかしましく、しかし、好意的であった。

――よかった。これできっと、籐右衛門《とうえもん》さんも安堵《あんど》しておいでだろう――

季蔵は人が押し合いへしあっている店内を進んで、客の相手をしている、一目で粋筋とわかる婆《ばあ》さんの前に立った。おむらの姿はない。

「何だ、せっかく来たってえのに主はいねえのか」

若い男二人の客がちぇっと舌打ちして踵《きびす》を返した。

「あいにく、ここは吉原じゃないからね」

婆さんはふと洩らして、目の前に季蔵が立っていることに気がつくと、

「何か――」

しまったという顔になった。

名乗った季蔵に、

「料理人が何の用かね」

胡散臭そうに眉を吊り上げたが、

「店主と縁続きのご隠居、籐右衛門さんのことが気になっているのです」

と告げると、

「ご隠居の縁のお方なんですね」

がらりと態度が変わって、

「そりゃあ、神様の縁につながるお人だ。今、すぐ、主に報《しら》せてくるよ」

こうして、季蔵はほどなく、奥の客間に通されておむらと向かい合うことになった。

「お楽《らく》さんが何か失礼をしませんでしたか」

婆さんはお楽という名だった。何度か会ったことのあるおむらは、前に会った時に比べ、やや痩《や》せたものの、窶《やつ》れは微塵《みじん》も見受けられず、以前にも増して美しかった。

「親切な方でした」

「店が流行り始めて手が足りないと、小石川養生所にいるお義父《とう》さんに相談したところ、

わたしの身内を雇ってはどうかとおっしゃっていただいたんです。でも、郭《くるわ》育ちのわたしには血縁など無くて、知り合いで身内同然の人なら居ると申したところ、会ってみたいとおっしゃって、お楽さんを会わせたところ、お許しいただけたんです。お義父さんはそもそも香とは典雅であり、また、色気のある代物、香屋の売り子は粋筋ぐらいがふさわしいなぞと――。たしかにお楽さんの客あしらいは上手くて、わたしの顔をまじまじと見にくる殿方も減りましたし、お義父さんの目は確かだと感心いたしました」

「籐右衛門さんの商人魂《あきんどだましい》は衰えていませんね」

――よかった。元気にしておられるのだ――

「お身体の方はよろしいのでしょう」

「ええ、今はもう。藤太さんが厳罰に処せられた時は、気も心の臓も一度に弱って、どうなることかと案じられましたが――」

おむらは目を伏せて、小さく、

「わたしのせいです」

と呟いた。

「それで小石川養生所へ入られたのですね」

「小石川養生所なら身一つで行けるからと、決めておしまいになりました」

小石川養生所は独り身で世話をしてくれる身内のいない者、貧窮している者であれば、誰でも無料の上、布団や夜着、洗面道具なども与えられる。

「わたしは一緒に居てくださいと、泣くように頼んだのですが、聞き届けてはくれませんでした。わたしの顔を見ると、何代も続いた香屋粋香堂の暖簾《のれん》を下ろす羽目になった経緯《いきさつ》、孫に殺された倅《せがれ》のこと、刑死した藤太さんのことなどを思い出すのでしょう。一緒には住めないけれど、商いの相談にはいつでものるからと言い置いて、お義父さんは養生所に入ってしまわれたんです」

そう言って、おむらはさめざめと泣いた。

「わたしは罪深い女です」

七

「藤太さんぐらいの年頃は勘違いが多いものです」

――たしかにこの人と毎日、顔を突き合わすようなことが続いたら、義母とはわかっていても、心が揺れることだろう――

「そうでしょうか」

おむらは袖《そで》で涙を拭いた。

「わたしが後添えに入った当初、藤太さんは、〝お義母《かあ》さん、お義母さん〟と言って、明るくなついてくれていました」

「ですから、それは――」

「わたしは吉原の水で育ちました。男の心の有り様が身振りに出たり、何となく、雰囲気に醸し出されてくるのはわかっています。藤太さんにそんな気ぶりは微塵もありませんでした。ある時までは――」

「ある時というと?」

「藤太さんが流行り風邪《かぜ》をひいた時です。掛かり付けのお医者様が呼ばれて、これは身体が虚弱だからだとおっしゃり、風邪が治った後も、日を決めて先生のところまで通うようになりました。藤太さんの様子がおかしくなったのはその頃からでした。そして、旦那様が商用で遅いとわかっていたある夜、藤太さんはわたしの部屋に来て、こう言ったんです。〝あんたの気持ちはわかっている。俺も同じだ〟って。怖いほど思い詰めた目でした。わたしは咄嗟に、〝あなたは旦那様の血を分けた子どもで、今はわたしにとっても倅です〟と申したところ、〝倅でなくなればいいのだろう〟と言ってにやりと笑ったのです。あそこまでの変わり様は普通ではないと思いました」

「藤太さんが通っていた医者というのはどなたです?」

「大身の御旗本とも御縁が多く、いずれは法眼《ほうげん》におなりになるだろうと言われている、塚田了伯先生です」

――やはり、そうだったか。了伯も最初は自分の手を汚して、粋香堂の跡継ぎに罠を仕掛けたのだな。これで塚田了伯と撰味堂、良効堂、そしてこの粋香堂がつながった――

「この話を籐右衛門さんには?」

「わたしはどうしても、お義父さんにここへ来ていただいて、日々、いろいろ教えていただきたいので、思い切って、藤太さんが変わってしまった理由について、思うところを話しました。黙って聞いていたお義父さんは、〝塚田先生のことなら、わたしも不審に思ったことがある。だが、口に出すのも汚らわしいものだったので、今まで黙っていた〟と前置いてから、明かしてくれたんです」

「どんなことでした？」

「塚田先生はわたしのことを――」

おむらは口惜《くや》しそうに唇を嚙んでうつむいた。

「〝あいう嫁が一つ屋根の下に住まっているのは、ご隠居にとっても、よい若返りになるのではないか〟とおっしゃったそうです。お義父さんが戯《ざ》れ言《ごと》だと思って聞き流していると、〝わたしなら、倅にだけ独り占めさせてはおきませんね。なあに、相手は元花魁。一度吉原の水に浸かった女です。どうせ、そのうち、放《ほう》っておいても、一人の男では飽きたらず、他で浮気をするに決まっています。それなら、身内で重宝に使い回した方がこの店のためですぞ〟などと言い募ったそうです。あまりに不愉快だったので、〝当家で使い回すのは古着か、骨董《こっとう》の皿と決めています〟とお義父さんは応えて、その話を打ち切ったとか――」

「了伯は初め、旦那様とご隠居にあなたを競わせ、いがみ合わせて、どちらかにどちらかを殺させようとしたのですね」

――そうなったとしても、人殺しの下手人を出した粋香堂は、当人が厳罰に処せられる上、結局店終いになる――

何という狡猾《こうかつ》な企《たくら》みなのだろうかと、季蔵はぞっと背筋が冷たくなった。

「この話をしながらお義父さんは、〝わたしさえ、了伯の企みに気がついて、藤太を通わせたりしなければ、こんなことにはならなかったのに〟と泣いていました。わたしも泣けて泣けて――。でも、わたしたちの涙の半分は悔し涙で――。お義父さんはこの時、こうも言っていました。〝こんな時、長次郎さんが生きていてくれたら〟と」

長次郎の名に季蔵はぎくりとした。

――もしや、籐右衛門さんはとっつぁんのもう一つの顔を――

「何でも、先代の塩梅屋さんは、〝どうにも、腹にすえかねることがあったら、わたしに話してください。必ず、気持ちを晴らしてさしあげますから〟とおっしゃってくれていたそうです。きっと、素晴らしい料理を拵えてくださるつもりだったのでしょう」

おむらは涙を振り払って微笑んだ。

――籐右衛門さん、あなたの恨みはわたしがきっと――

想いを胸に秘めつつ、

「そうでしょうね」

季蔵は相づちを打った。

「お気をつけて」

お楽に送られて店を出た季蔵は、塩梅屋へ戻るとすぐに、〝進展あり、至急お会いしたし〟という文を烏谷まで届けさせた。

そして、この後、早速、

「さて、これから求肥と白餡を練って、練り切りにするが、その前にこれだ」

おはつの話をして、描いていたおとぎ話の絵を広げた
「雛節句にふさわしい練り切り細工を思いつきましたよ」

「あらあ」

思わず見惚れたおき玖は、

「思い出した、思い出した。これ、みんな、あたしが七つの時、おとっつぁんにねだった文箱の柄に近い。ほしかったのよ、こういうのが描いてある文箱。そんなの子どもが描く絵にしかなかったんだわ。それで、おとっつぁん、そこらじゅう探しても見つけられなかったのね」

苦笑いして、

「たしかにこれなら、子どもたち大喜びでしょうね」

「子どもじゃなくても楽しいですよ」

三吉も目を輝かせた。

「だけど、これ全部、練りきりで仕上げるには色が沢山いりますよ」

「揃えましょう」

おき玖は紙を持ってきて、筆を手にした。

「どんな色がいるのか、書いてみて集めるのよ」

・桃太郎　桃太郎、桃、白い犬
・はなさか爺さん　おじいさん、桜の木、雀
・舌切り雀　おじいさん、雀
・さるかに合戦　さる、かに
・かちかち山　うさぎ、たぬき

「白い犬とうさぎは、何も色をつけなくてこのままでいいですよね」

「桃太郎とおじいさんの顔色などは、ほんの少し食紅を使って肌色にできるわ」

「その食紅をもう少し濃くすれば、桜の花になりますよ」

「もっと濃くすれば桃の実、ほとんどそのままの色が出るほどに使ったら、かにになるし」

「あと桜の木肌と雀、さる、たぬきの焦げ茶色だけど、これは砂糖を焦がせばできる色よ」

「あと、煮た黒豆がありますから、この煮汁で、桃太郎の髪とか、生き物たち全部の目ができますよ。食紅で口や嘴《くちばし》が仕上がるし」

「桃太郎やおじいさんの着物は？」

「ウコンと抹茶ならあります。黄色と緑色にしちゃあどうです？」

「それ、いいわね。春らしい綺麗な色だわ」

「ここにあるもので色が賄えるなんて、思ってもみませんでした」

「よかったわね」

二人は顔を見合わせて、満足そうににっこりと笑った。

「そうとわかったら、早く、季蔵さん、練り切りを」

急かされた季蔵は、すでに、出来上がっている白餡を鍋に入れ、水で練った白玉粉と砂糖を合わせて火にかけた。白玉粉と砂糖が火で練られると求肥になる。季蔵は一瞬たりとも手を止めず、息を詰めて、木杓子を縦横無尽に動かしていく。

こうして練り上がったものを俎板《まないた》の上に移して、小分けにし、食紅や焦がした砂糖の汁で染めていく。この仕事は三吉がかって出た。

「白と焦げ茶を一番多くね」

「へい」

「次に薄桃色」

「いい色具合ですね」

「濃い桃色はそんなに多くなくていいわ。そこまで濃くなくて、桃太郎やおじいさんの顔ほど薄くないのを少し。大事な桜にするんだから」

などという具合におき玖の指図で白、焦げ茶、薄桃色、桃色、濃い桃色、黒、赤、黄色、緑等に生地が染め分けられていく。

生地を染め終わったところで、

「それじゃ、いよいよ、形づくりよ。あたしは〝はなさか爺さん〟にするわ。おきちちゃん、女の子だし、白い犬と桜って、綺麗な取り合わせだもの」

おき玖の言葉に、

「そうそう」

ごそごそと懐を探った三吉は、

「形を作るまで漕ぎ着けたら、嘉月屋の旦那さんがこれを渡すようにって」

何本かの三角篦《さんかくべら》を取りだした。上生菓子の形作りには欠かせない道具であった。

八

季蔵、おき玖、三吉の三人は三角篦を手に握った。

「おいらは〝桃太郎〟にするよ。桃太郎、勇ましくて大好きだもん」

「残りの〝舌切り雀〟と、〝さるかに合戦〟、〝かちかち山〟はわたしがやろう」

こうして三人は色とりどりの練り切りの生地で、人や生き物、桜の木を作り始めた。平たく伸ばして、掌《てのひら》ほどの大きさの長四角に切り取った生地を台に見立て、人や生き物などを作って配置するのである。

「子どもの頃、泥人形拵えたこと、思い出しちまいました」

三吉の無邪気な感慨に、

「泥人形は失敗してもやり直しができるが、練り切り細工はそうはいかない。しっかり、気を入れてやれよ」

季蔵は苦言を呈した。

「季蔵さん、上手ね」

季蔵は〃かちかち山〃のうさぎとたぬきから始めた。どちらも何度か生きているものを目にしていたからである。

――今時分、摘み草に野山へ出かけると、うさぎが巣穴から出てきて、追いかけ回したものだった。思えば、摘み草は母の台所事情を察してのことだけではなく、瑠璃を誘う口実だった――

「本当だ」

三吉も感心した。

おき玖の作った桜の木はまずまずだったが、白い犬は牛のように見える。

「生き物はむずかしいのよ」

「おいらの桃太郎よか、ずっとましですよ」

三吉はしょぼくれた風体の自分の桃太郎を情けなさそうに見つめている。

「それじゃ、年寄りじゃないか」

「けど、どうやったら、しゃっきり、桃太郎に見えるか、わかんねえんですよ」

「背中が丸すぎるんだよ。姿勢を真《ま》っ直《す》ぐさせれば桃太郎になる」

それでも、三吉の桃太郎はなかなか若返らず、
さるやかに、雀を作り終えた季蔵は、

「仕様がない、雀と桃を取り替えよう」

〝舌切り雀〟の台から、雀を取り上げて、三吉の桃と替えた。

「三吉のその桃太郎は、髪さえ白髪頭にすれば、すぐに爺さんになる」

そう言った季蔵は、桃の隣りにしゃんと背筋が伸びて、りりしい顔つきで鉢巻きを締め、太刀を腰に帯びた桃太郎を作り上げた。

「見事だわ」

ため息をついたおき玖は、牛に見える自分の犬も直してほしいと言い出し、

「犬はこれほど、首も足も太くなくて、締まった身体つきですよ」

季蔵は三角篦を使って、重ねすぎの練り切りの贅肉《ぜいにく》を落としてやった。

こうして五種類のおとぎ菓子が出来上がった。

余った生地はおき玖が、三吉のためにくるくると丸めて盆に盛った。

「さあ、これは練り切りといえど、丸めただけだから、上生菓子とはいえない。あたしたちが存分に食べても罰は当たらないわよ」

「いいんですか」

三吉は目を輝かして手を伸ばした。

「あんまり、作るのが大変なんで、食べ物だって気がしなくなってきてたけど――」

一口食べて、

「何ともいえない舌触りと甘さ。こんな美味いもん、おいら、やっぱし、食ったことねえですよ」

はーっと大きく息を吐いた。

「お茶を淹《い》れるわ。季蔵さんもいかが？」

おき玖に勧められたが、

「おはつちゃんに絵を返しがてら、これを届けてやりたいんですよ」

「おはつちゃんの絵は五枚。でも、五つ全部持っていかれるのは困るわ」

おき玖はすまなそうな顔をした。

「おはつちゃんのおかげで出来たんだけれど――、何せ、おきちちゃんに〝はなさか爺さん〟だけは届けたいから――」

「わかってます。おはつちゃんには、〝桃太郎〟と〝さるかに合戦〟、〝かちかち山〟だけ届けます」

「おいらの〝舌切り雀〟は？」

「それは、首を長くして待っている、松次親分に差し上げないと」

「そうだったわね」

おき玖は頷いた。

季蔵は三種のおとぎ菓子を重箱に移すと、それを手にして黒江町へ向かった。空は少しずつ夕闇に包まれてきている。

――夜、御奉行がおいでになる前に、こうして届けることができて何よりだった。御奉行とは一連の事件の始末を相談することになるだろう。始末はおはつちゃんの父親、九平さんの仇討ちにもなるのだろうが、血なまぐさい成り行きだ。父親の死さえ理解していないいたいけな子どもに、おぞましい血の臭いを感じさせたくない――

おさよとおはつの母娘は、切り干し大根の煮付けを菜にして、ささやかな夕餉《ゆうげ》の膳を囲んでいた。

「おはつちゃんのお父さんからの預かりものだ」

季蔵は重箱の蓋を開けた。

「あ、あたいの絵のまんま」

おはつは輝いた目を丸くした。

「お星様にいるおとっつぁんが作ってくれたのね」

「そうだよ」

「うれしい」

おはつはにっこりと笑って、

「でも、どうして、三つしかないの？　あたしの絵はあと、〝はなさか爺さん〟に〝舌切り雀〟――」

「その二つはもう少し、おはつちゃんが大きくなったら、おじさんと一緒に作ろう。おじさん、おとっつぁんから習ってきたんだ」

「そうだったんだ」

　おはつは笑顔のまま、

「おとっつぁんに伝えといて。おはつ、もう、雛人形はほしくないって」

「わかった。必ず伝える」

　居合わせている母親のおさよは、濡《ぬ》れた目で季蔵に向けてそっと手を合わせた。

　木原店《きはらだな》に帰り着くと、

「御奉行が離れでお待ちです」

　おき玖が告げた。

「今日は朝から何も召し上がっていないとおっしゃって、白いご飯に鰯《いわし》の酢だまりで掻き込みたいとおっしゃったので、ご用意しました」

　酢だまりとは酢と醤油を合わせた調味料のことである。これにすり生姜を加え、塩をした鰯を漬けこむ。漬けて一、二日はそのまま食べ、後は焼いて菜にする。長次郎の時代から続く、塩梅屋の賄いの一つであった。

「お待たせしました」

　季蔵は離れの座敷の障子を開けた。

「ほう、やっと人心地付いた」

鳥谷は丸く膨れた腹をぽんと叩いた。

「途方もなく、腹が減っている時は、飯と好物の菜だけをあてに食べる、これが一番だ」

「今、茶を淹れ替えましょう」

「いや、それには及ばない」

鳥谷はいきなり鋭い目を向けた。

「何かあったのでございますね」

「蒔絵師松永専之助《まつながせんのすけ》が殺された。老齢ながら、松永専之助は江戸の蒔絵師達の頂点に立つ人物だ。江戸城や上様、姫様たちの婚礼の調度品も仰せつかってきている」

「難に遭われたのはどこでなのです?」

「中根覚右衛門《なかねかくえもん》の屋敷に呼ばれて斬《き》られた。蒔絵は俵物同様、人気のある輸出の品だ。おそらく松永は中根に、長崎奉行になる、後押しをしてくれと頼まれたのだろう。蒔絵師の頭に推されれば、中根は対抗馬の相沢貴経《あいざわたかつね》よりも優位に立てる。だが、松永は蒔絵の腕も素晴らしいが、気骨のある男だ。中根のような奴の言いなりになっては、蒔絵師たちの労苦が報われることなく、ただただ搾り取られるだけだとわかっていたはずだ。うんとはいわなかったのだろう。それで殺されたのだ」

「しかし、蒔絵師とはいえこれほどの人物が殺されたのです。町奉行所は何をぐずぐずなさっておられるのですか」

「甘い」

烏谷は大声を上げた。

「もとより、武家屋敷内のことに町奉行所は手が出せん。松永が斬られた時、居合わせていた客人は海産物問屋奥州屋彦兵衛だ。奥州屋は、松永が急に苦しみだし、胸をかきむしって死んだと言い、かけつけた中根家の主治医塚田了伯も、心の臓の発作だと口裏を合わせている」

「骸が何よりの証であるはず。松永家に戻せば家人が黙っていないのでは？」

「松永家ではその日のうちに骸を葬り、嫡男《ちゃくなん》が専之助の跡を継いだ。口惜しい想いはあったろうが、長崎奉行という役職には魔物が取り憑《つ》いていて、父親がなにゆえ殺されたのかとわかっているだけに、こうしなければ、続く者の命まで危ないと懸念したのだろう」

「つまり、泣き寝入りですね。ですが、塚田たちの酷《ひど》さはこれだけではないのですよ」

「聞こう」

季蔵は赤蛙屋の九平や粋香堂の藤太の死は、実は仕掛けられた罠だったと話した。

「やってくれるな」

烏谷はぎらりと大きな目を見開いた。

翌日、季蔵は烏谷の指示で、あるさびれた呉服屋の二階に上がった。

「そこで侍の支度をしてもらえ」

二階で待っていた老爺《ろうや》はにこりともせずに、季蔵の髷《まげ》を結い直し、小袖と袴《はかま》を着せた。

上等な紬《つむぎ》で、

「内与力というふれ込みで近づいてくれ」

内与力は普通の与力とは異なり、町奉行の懐刀と言っていい存在であった。能力が重視されて起用されるやり手である。

肝心な刀は後から鳥谷からと言って届けられた。

「今回は三人だ。三人の始末は侍でなければつけられまい」

支度の調った季蔵は、神田松永町にある塚田了伯の治療所へと向かった。

治療所の前は閑散としている。

痩せ細った老婆《ろうば》が、中から追い出されてきて、

「せめて薬を。孫が風邪で熱を出して――」

「薬が欲しいなら、銭を持ってきな」

助手と思われる白い十徳《じっとく》姿の若い男の声が飛んだ。

――貧乏人は寄り付かせないというわけだな――

季蔵は助手が中へ消えたところで、

「これで薬を。ただし、ここでは駄目ですよ」

小粒（豆板銀）を一つ握らせた。

「ご親切に。ありがとうございます」

老婆を見送った後、季蔵は診療所の木戸門を潜り抜けた。

「これはこれは」

さっきの小柄で丸顔の助手は、颯爽《さっそう》としたいでたちの季蔵を舐めるように見た。

「どこがお悪いのです？」

「昨日から腹がしくしくと」

素早く、季蔵は相手の袖に小粒を二つ滑り込ませた。

「痛くてたまりません」

「それはいけませんね。今、すぐ、先生にお伝えしましょう」

「先生と二人にしてくださると有り難い。人に見られたくない傷があるので」

そこで、季蔵はさらに小粒二つを相手の袖に投げ込んだ。

ほどなく、季蔵は塚田了伯の診療処へ通された。総髪で髭《ひげ》をたくわえた顔は大きな四角で鰓《えら》が張り、だぼはぜそっくりであった。

――そんなたとえはだぼはぜに悪いな。おはつちゃんに叱られそうだ――

「横になりなさい」

高圧的な物言いである。季蔵は言われた通りにした。

「どこだね」

了伯の手が腹部を滑っていく。

季蔵の手が伸びて、了伯のその手を強く摑んだ。

「何をするのだ」

言いかけた了伯の口をもう一方の手で塞《ふさ》ぐと、相手の顔を間近に見て、

「わたしは北町奉行鳥谷椋十郎様の内与力、堀田《ほった》季之助《としのすけ》と申す。鳥谷様よりの伝言を伝えに参った。奉行はこうおっしゃっておられる。〝とかく、浮き世の風は厳しい。頼りとなるのは山吹色に輝く品だけである。事と次第によっては、中根覚右衛門殿、皆の者の志をお助けしたいと〟。奉行は相沢貴経殿から面会を申し込まれておる。相沢殿は頼みだった香屋の粋香堂、海産物問屋の撰味堂を無くされ、良効堂も失火ゆえの咎めは必定で、大変、苦慮しておる。ただし、いつの世にも、判官贔屓《ほうがんびいき》はつきもの。御老中方のお気持ち次第で、まだまだ、どう転ぶかわかりかねる。上様ともお目通りが叶う、江戸町奉行の力が結構なものであることは知っておろう。そんな御奉行様からの申し出なのだ。悪い話ではないし、有り難く受けるのが筋ではないか」

　相手を見据えて、一言、一言、ゆっくりと言った。

　了伯は驚愕のため瞬き一つできなかった。

「それならそれでよい。もし、何の話だか、思い出されたら、今夜、五ツ半（午後九時頃）、上野の翠源《すいげん》で、待たれよ。顔ぶれはそなた、奥州屋、中根殿の三人。御奉行の千里眼は奥州屋とそなたが、中根殿を長崎奉行にしようと、力を合わせていることをよくご存じだ。志が叶ったあかつきには、そなたたちとも親しくし、山吹の山を拝みたいものだと仰せになっておられる」

　この言葉に了伯の顔からすっと血の気が引いた。

「よいか。そなたたちはもう、御奉行様を味方につけるしかないのだ。その代わり、味方にさえすれば千人、万人のお力添えがいただける。ただし、機会は一度だ。たった一度きりと心得よ。万が一、三人以外に用心棒などを連れてくるなど、不埒《ふらち》な振る舞いに出たら許さぬぞ。直《ただ》ちに叩き斬る。こちらは何でも見通せるのだ」

思いきり威嚇すると、やおら季蔵は立ち上がって診療処を出た。

その夜、五ッ近く、季蔵は約束の場所近くのしだれ柳の中に身を隠していた。

「やはり、誰か連れてきた方がよかったんじゃないかね。この先、欲の皮の突っ張った御奉行なぞに、あれこれ、見張られるんでは生きた心地がしませんよ」

つるりと白い顔の奥州屋の目が怯えている。

「そんなことをしては、どんなお咎めが降ってくるかしれません。何しろ、相手は町奉行ですし――」

了伯の声が震えた。

「大丈夫だ」

中根覚右衛門一人が落ち着いている。あばたの痕に酒焼けが加わった醜貌《しゅうぼう》である。

「払って埃《ほこり》の出ないわれらではないが、人は山吹に弱いもの。烏谷とて変わりはなかろう。一つ、仲間に引き込んで大願成就のための駒になってもらおう。始末するのは成就したあかつきでよい」

――敵は三人だけで来たな――

季蔵は確信すると、

「お待ち申し上げておりました」

しだれ柳からすっと出ると、

「まずは失礼」

鯉口《こいぐち》に手をかけるや否や、目にも止まらぬ速さで太刀を抜くと、手前を歩いていた奥州屋の肩口から一気に斬り下げた。奥州屋と書かれた提灯《ちょうちん》が暗闇の中を飛んだ。

「おおっ」

奥州屋が倒れかかるのと、

「ひぇーっ」

目を剝いて逃げようと背中を見せた了伯が、

「うぐっ」

袈裟《けさ》懸《が》けに斬られてのけぞったのは、ほとんど同時であった。

「おのれ」

そこでやっと中根が刀を抜いた。

「それがしを目付、中根覚右衛門と知っての狼藉《ろうぜき》か。刀を退け、退かぬと——」

中根の声は掠《かす》れ、刀を持つ手は震えている。

「存じております、中根様。されど、長崎奉行は、ご自分の家の蔵を建てるのがお役目ではありますまい。エゲレス、オロシアなど、押し寄せてくる外敵と戦えてこそ、お役目が果たせるというもの。お力のほど、わたしに今、ここでお見せください」

季蔵の言葉に操られるかのように、

「わぁー」

大声で叫びつつ、中根は刀を振り上げた。この時、季蔵は微動だにしないように見えたが、振り上げた中根の刀は脇に逸れて、

「ぐわっ」

首から血しぶきが吹き上げた。季蔵の刀の切っ先が中根の首の急所を貫いていたのである。


こうして、長崎奉行の役職をめぐる奸計《かんけい》は阻止された。烏谷の格別なはからいにより、くだんの良効堂は、撒《ま》かれていた油が証となって付け火と見なされ、主にお咎め無しと決まった。これで、めでたく、妹のお琴《こと》と季蔵の弟成之助《しげのすけ》の祝言は、日延べをせずに行われることとなった。

桜と白い犬の取り合わせの〃はなさか爺さん〃の練り切りを、〃鰯の子〃のおうたとおきちが大喜びして、おき玖は、

「これでやっと、二人が母娘になれたお祝いができたわ」

ほっと息をついた。

三吉に〃舌切り雀〃を届けられた松次は、

「雀は可愛いすぎて、食っていいもんか、どうか――。まずは爺さんからだろうな」

ぺろりと舌なめずりをして、練り切りの老爺を食べ終わったところで、

「断っとくが、まだ、共食いじゃねえからな」

にんまり笑った。

一方、籐右衛門は小石川養生所を出て、嫁と孫娘の住む香屋香むらに移った。塚田了伯が辻斬《つじぎ》りに遭って果てたと聞いたのである。

――籐右衛門さんもこれで気が済んだはずだ。これからは孫娘の成長と新しい店の繁盛を楽しみに、心穏やかに余生をおくってほしい――

新しい長崎奉行が相沢貴経に内定したとの報せが、後日、烏谷から届いた。

そんなある日、季蔵は思いついて亀島《かめじま》川の土手まで摘み草に出かけた。目当ては蕗の薹であった。

――蕗の薹もあと少しで終わりになる――

籠《かご》いっぱいに摘んできた蕗の薹は佃煮にした。ころころと箸を使い続けて、味醂風味の煎り酒などで煮含める、あの手間のかかる、長次郎秘伝の佃煮である。

――手間ゆえに、春と命の青々しい香りが封じ込められて、嚙みしめると口の中に広がるのだ――

季蔵は作った佃煮を三等分して、瀬戸の蓋付きの器に分けた。一つずつ丁寧に風呂敷に包んで、持ち手付きの籠に入れた。

塩梅屋を出るといつしか、生家のある表六番町へと足が向いている。

春の日はまだ暮れていないが夕餉《ゆうげ》が近い。

季蔵は堀田家のある鷲尾《わしお》の屋敷近くに、しばらく佇《たたず》んでいた。

——何を待っているか——

自分でもわからなかった。

買い物にでも出て戻ってきたのだろう、結い上げた丸髷に白いものの目立つ、初老の女が季蔵の前を通りすぎて、屋敷の中に入って行った。

思わず、

——母上——

声に出しそうになった。

だが、もとより相手は季蔵の母ではなかった。

——こんなことをしていても——

不覚にも涙がこみあげてきた。

「兄上」

成之助に声を掛けられた。

「おまえか」

「祝言のことで良効堂へ行っての帰りです。兄上はどうしてここへ？」

成之助は季蔵を見つめた。

「成之助、父上、母上を頼む。お琴さんは気丈な女子《おなご》だ。おまえや堀田家を支えるよい妻になるだろう。成之助幸せになれよ。それが言いたかった」

「兄上」

成之助の目も濡れた。

「これを」

季蔵は蕗の薹の佃煮が入った風呂敷包みを弟に押しつけると、逃げるようにしてこの場を離れた。

——これでいいのだ。今、出来る、精一杯の身内の情がこれだった——

籠の中にはあと二つ佃煮の器が入っている。

——先に香むらへ行って籐右衛門さんに喜んでもらおう——

その後は南茅場町《みなみかやば》へ立ち寄ることにしていた。今日だけは、しっかりしてきた三吉に店を任せて、蕗の薹を喜ぶ瑠璃の顔をながめているつもりであった。

——自分と瑠璃は共に死んだとされているが、こうして生きている。二人して、これからも生きなければならない。その証が蕗の薹の清々しくも、強烈な香りなのだ——

だからこの先、どんな辛いことも乗り越えられるはずだと、季蔵は自分に言い聞かせずにはいられなかった。

時代小説文庫
わ 1-8

おとぎ菓《が》子《し》 料《りょう》理《り》人《にん》季《とし》蔵《ぞう》捕《とり》物《もの》控《ひかえ》

著者 和《わ》田《だ》はつ子《こ》
2010年6月18日第一刷発行
2011年4月 8 日第七刷発行

発行者 角川春樹

発行所 株式会社 角川春樹事務所
〒102-0074 東京都千代田区九段南2-1-30イタリア文化会館

電話 03(3263)5247[編集] 03(3263)5881[営業]

印刷・製本 中央精版印刷株式会社

フォーマット・デザイン&シンボルマーク 芦澤泰偉

ISBN978-4-7584-3484-3 C0193
http://www.kadokawaharuki.co.jp/[営業]
fanmail@kadokawaharuki.co.jp[編集] ご意見・ご感想をお寄せください。